辺境で俺だけが男魔法使いやってます！
え？魔法使いって女の子しかなれないの？
愛内なの
Nano Aiuchi
illust:あきのそら
KiNG novels

優等生の魔法剣士
オリガ
「ねえ、いつまでもそこにいないでこっちに来たら？　待ってるんだから」

主人公に憧れる少女
リリー
経験豊富なお姉さん
シェイナ

「上手くできないかもしれませんけど、
頑張りますっ！」
「せっかく四人いるんだから、
仲良く楽しみましょう？」

辺境で俺だけが男魔法使いやってます！

～え？ 魔法使いって女の子しかなれないの？～

愛内なの
illust：あきのそら

KiNG novels

辺境で俺だけが男魔法使いやってます!

contents

プロローグ　魔法使いたちの淫靡な夜

人でにぎわう都市から遠く離れた、ある辺境の村。

そこから更に奥地へ向かったところに、人を寄せつけない深い森がある。

その森の入り口に、ポツンと一軒家が建っていた。

俺が生まれてからずっと暮らしてきた、我が家だ。

「ふぅ、今日の研究も良い成果があったな。これも彼女たちのおかげだ」

家に併設されている小屋から出ると、大きく伸びをする。

俺の名前はフレッド。

この辺境の森に住んでいる唯一の人間で、魔法使いだった。

魔法使いというのは、文字通り魔法を使うことで、不思議な現象を起こすことのできる人間のことだ。

魔法で危険な魔物を倒したり、あるいは、普通なら助からないような大怪我を治すことも出来る。

ただ実際には、実用的なレベルで魔法を使える人間は、そう多くはないみたいだ。

俺の場合は両親がどちらも魔法使いだったからか、十分に魔法が使える量の魔力を持って生まれたけれど。

その両親も、数年前に近くの村で病が流行ったときに死んでしまった。

ふたりとも魔法で村人の治療を行っていたけれど、ついに自分たちも病で倒れてしまったんだ。

俺だけは、家から出ないようキツく言われていたから無事だった。

父さんと母さんが死んでしまったのは悲しいけれど、悲観はしなかったのを覚えている。

ふたりは人助けをするために力を振り絞っていた。

救われた多くの村人たちも、俺に会うといつも敬意を払ってくれた。

それに、父さんたちの頑張りがなければ生まれなかった命だってあるんだ。

「魔法のための道具や資料も、たくさん残してくれたしね。埃をかぶっていたものも、だいぶあったけど……」

振り返って研究所を見る。ここには両親が残した膨大な魔法の資料が保管されている。

研究所なんて大仰に言っているけれど、見た目はただの小屋だ。

それに、少し前までは物置と大差なかった。

大きく変わったのは、三人組のお客さんが来てからだ。

王都からやってきたという三人の女性は、それぞれ魔法使いだった。

当初は色々とすれ違いもあったけれど、今はおおむね良好な関係を築いていると思う。

研究所の再稼働も、彼女たちとの情報交流の結果だ。

新しい魔法のことを聞いて、俺も好奇心を刺激されてしまったのだ。

彼女たちのほうも俺の魔法に興味があるようだったから、これはお互いにとって有意義になっている。特にいいのは、彼女たちの内のひとりが回復魔法に長けていたことだ。

また数年前のような流行り病が起きたときに立ち向かうため、より強力な回復魔法を開発したいと思っていたので、渡りに船だった。

今日進めていたのもその研究で、つい夢中になりすぎてしまった。

もう日が沈んでしばらく経ち、空はすっかり暗くなっている。

「三人は、もう寝ているかな？」

家の中に入ると、すでにリビングは暗くなっていた。

どうやら彼女たちはもう、自分の部屋に戻っているようだ。

この家には両親の使っていた部屋や来客用の部屋もあるので、貸すスペースには困らない。

「今日は少し遅くなっちゃったし、俺も早めに寝ないとな」

そうつぶやきながら、俺は自分の部屋へと向かう。

「……あれ？」

家の一番奥にある自室の前まで来たところで、俺は首をかしげる。

部屋の中からは、明かりが漏れていた。

「おかしいな、照明を消し忘れたかな？」

この家で使っている照明は魔法のランプだ。

満タンまで魔力を注ぎ込むと、一定の明るさを長時間保てるという優れもの。

「朝につけたまま消し忘れたかな？　まあいいか」

俺は少し首をかしげながらも、そう納得することに。

だが、部屋の中に入るとそこには予想外の光景が広がっていた。

「あっ、ようやく来たわねフレッド。あなたを待ってたのよ！」

「こんばんはフレッドくん。お先にベッドを占領しちゃって、ごめんなさいね」

「フレッドさん、遅くまでお疲れ様でした。すみません、お邪魔しています」

そこには、俺の部屋でくつろいでいる三人の女性の姿があった。

彼女たちは辺境の森を調査するためにやってきた魔法使いであり、俺の客人だ。

先ほどの話に出てきたのも、この三人だ。

「みんなてっきり、もう寝ているかと思っていたよ」

「もう少しで、ほんとに寝ちゃうところだったわ。でも、あなたに用があるから待ってたの」

俺の言葉に応えたのは、黒髪の女性だった。

彼女の名前はオリガ。

歳は二十歳くらいだから、俺より少しだけ年下になる。

凛々しい顔つきで意志の強そうな目も合わさって、頼りがいのある雰囲気だ。

実際、この三人のリーダーでもあるということだった。

艶のある黒髪を肩にかかる程度に伸ばしていて、その一部を頭の左側で纏めてサイドテールにしていた。

魔法だけでなく剣術も使うだけあって、スタイルは引き締まっている。

キュッとくびれた腰と比べて、胸やお尻には魅力的なボリュームがあった。

それに加えて都会の流行りなのか、露出が多めの服を着ているから、ハッキリ言って目に毒だ。

ずっと辺境で暮らしていた俺に、彼女の肌は刺激が強すぎる。

あまり直視しないようにと思い、視線を外したのだけれど。

「むっ……ちょっと、話してるのになんで目をそらしたのよ！」

「ああ、いや……これはその……」

「あたしと話したくないってこと？」

どうやら遠慮したつもりが、気に障ってしまったらしい。

腰掛けていた椅子から立ち上がると、こっちに近づいてくる。

オリガは魔法使いとしての実力が高いぶん、同時にエリート意識も強いんだ。

実際、魔法に関しては三人の中でも一番優秀なのは間違いない。

王都にある魔法学校を首席で卒業したらしいから、その実力は折り紙付きだ。

だから、自分が相手にされていないと思うと、こうやって機嫌を悪くしてしまうことがあった。

「いや、そういう訳じゃないんだ」

「じゃあどうして？」

目をそらしたのは当然、彼女を嫌っている訳ではない。むしろ逆だ。

ただ、それを正直に言うと余計に機嫌を損ねてしまいそうな雰囲気だった。

彼女は魔法学校の優等生だったけれど、性的なことに関しても、けっこう真面目なんだから。

もしかすると、この寝室で彼女お得意の攻撃魔法が使われてしまうかもしれない。

どうしようかと悩んでいると、横から救いの手が差し伸べられた。

「あらあら、ふたりとも仲がいいわねぇ」

声をかけてきたのは、淡い青色の髪が特徴的な女性。

彼女の名前は、シェイナ。

三人の中では最年長で、俺よりいくつか年上になる。

年長だけあって落ち着いている……というか、かなりのんびりした性格だった。

特徴的な青い髪を一本の三つ編みにして、背中に垂らしている。

それでも腰まであるんだから、解《ほど》いたら床まで達するほど長いかもしれない。

「むっ……なによ、シェイナは関係ないでしょう？」

「大アリよ。私たちがここに来た理由を思い出して」

シェイナさんも椅子から立ち上がり、オリガへと近づく。

「それは……そうかもしれないわね……」

正面から見つめて諭すように言うと、オリガも少し冷静になったようだ。

年長なのもあって、彼女はこうして三人の中でのブレーキ役になっている。

もちろんそれだけじゃなくて、魔法の腕もいい。

魔力の量は多くないけれど、回復魔法の腕はピカイチだ。

先ほどの、俺が疫病対策で学びたい魔法使いというのは、彼女のことだった。

「まあ、シェイナがそう言うのなら見逃してあげるわ」

「ありがとうオリガ」

そう言って落ち着いたオリガを見てから、シェイナさんは今度は、俺のほうへ近づいてくる。

「オリガはもう少し心に余裕を持てば、魔法使いとしても大成功すると思うのに、ままならないわねぇ」

「そ、そうですね……」

頷きつつ、俺は内心の動揺を悟られないように祈った。

オリガもスタイルが良いけれど、シェイナさんはその上をいく魅惑的な体の持ち主だからだ。

向こうは引き締まったスタイルだけれど、シェイナさんの場合はより女性的で柔らかく見える。

もちろん太っているというわけではない。

お腹周りはきちんとくびれているし。

問題はオリガ以上に自己主張する、その大きな胸とお尻だった。

特に胸は、十分に巨乳であるオリガよりさらに一回り大きく、爆乳と言っていいサイズだ。

服装も生地が薄くて露出が多めなので、深い谷間や乳房の輪郭が見えてしまっている。

人目の少ない辺境ならまだしも、にぎわっている街中をこの格好で歩くのは度胸がいるだろう。

自分の魔法に自信があって、面倒な相手を跳ねのける実力があるからこそ出来るのかもしれない。

そんなわけで、ついつい露出の多い体のほうへ視線を向けてしまいそうなのを理性で抑え込む。

けれど、シェイナさんはそんな俺の考えを分かっているかのように、クスクスと笑みを浮かべた。

「ふふっ、フレッドくんは紳士的ね」

そう言いながら、さらに体を寄せてくる。

「うっ……シェ、シェイナさん……!?」

彼女のその大きな胸が、少しだけ腕に押し当てられた。

薄着なのでそれだけでもう、爆乳の柔らかさと温かさが伝わってきてしまう。

動揺する俺を見て、彼女は反応を楽しんでいるようだった。

「あらあらー、どうしたのかしらぁ?」

「いや、別に……」

「？　あなたたち、何をやってるの？」

そんな俺とシェイナさんのやり取りを見て、オリガが首をかしげている。

彼女の位置からでは、ちょうどシェイナさんの体が盾になって、胸を押しつけているところが見えないのだ。

シェイナさんは、もしかしたらこの位置関係も考慮しているのかもしれない。

「……あ、あの」

そんなとき、客人たちの中で最後のひとりが小さく声を上げた。

「そろそろ、本題に入ったほうがいいんじゃないかなって。時間も遅いですし」

綺麗な金髪の彼女は、三人の中でも最年少の少女だった。

彼女の名前はリリー。

オリガより少し年下で、魔法学校を卒業したばかりの新人らしい。

だからなのか、いつもオリガやシェイナさんに遠慮していて、話すときも控えめだ。

今も自分が発言して良かったのかとオドオドしながら、時折頭のフードを押さえている。

「……す、すみません。余計なことを言いました！」

「ううん、いいのよ。リリーの言う通り、少し話しすぎちゃったわ」

シェイナさんはそう言うと、体を俺から離す。

これでようやく落ち着けると、心の中でため息を吐いた。

いつオリガにバレて怒られるかと、ヒヤヒヤしていたからだ。

「ふぅ……」

自分の意見が受け入れられたからか、安心したように肩から力を抜くリリー。

なんだか、さっきまでの自分も緊張していたから親近感を抱いてしまった。

そして、そのままなんとなく彼女を見ていると視線が合う。

「っ!? あ、あの……どうしましたか？」

「いや、何でもないよ。途中で声をかけてくれてありがとう。助かった」

「フレッドさんにそう言ってもらえて良かったです。えへへ……」

お礼を言うと彼女が小さく笑みを浮かべた。

オリガやシェイナさんと違い、幼さを残した表情が可愛らしい。

ふたりと違って背が低めなのも、少女っぽい可愛らしさを強めている要因だろう。

けれど、そんな可愛いらしい印象のわりに、スタイルのほうは他のふたりにも匹敵していた。

特に胸は、オリガ以上シェイナさん未満、といった感じだ。

ただ、身長が低いから、この胸は実際のサイズ以上に大きく見える。

顔立ちに幼さが残っているだけに、巨乳との組み合わせは犯罪的だった。

唯一の救いは、肌の露出が他のふたりよりずっと控えめだということだ。

凶悪な胸元も、きちんと布で覆われている。

恥ずかしがり屋なようで室内でもフードを被っていることが多いから、全体的に地味に見えるかもしれない。最近では、やっと気を許してくれたのか、笑顔を見せてくれることも多いけれど。

俺にとって、リリーは色々な面で安心できる相手だった。

そのままリリーと少し話している間に、オリガとシェイナさんが何か相談をしていたようだ。

彼女たちは頷くと、再び俺のほうを向く。

「オリガ、じゃあ後はお願いね？」

「いいわよ」

シェイナさんの言葉に頷くオリガ。

大抵の場合はこうして、リーダーである彼女が話を進めるのが常だった。

「フレッド、少しこっちへ来てくれる？」

「ああ、分かった」

オリガがベッドの近くまで移動したので、その後に続く。

そして彼女はベッド横で止まると、振り向いた。

「今夜あたしたちがあなたを待っていた理由、想像できるかしら？」

「……まあ、一応はね。考える時間もあったし」

最初こそ寝室にいたことに驚いたけれど、実はこういうことがあったのは初めてじゃない。

彼女たち三人が、この辺境の森を訪れてからもう数ヶ月が経つ。

その間に俺たちの関係も少し……いや、かなり変わっていた。

その中でも特に大きな関係の変化は、夜に訪れる。

「ふーん、もう分かっているなら、あたしが言わなくてもいいかしら？」

俺の答えを聞いて、わざとらしく首をかしげるオリガ。

最初のころはプライドの高い彼女に敵視され、微妙な関係が続いていた。だからか、地道に信頼を構築して仲良くなった今でも、なにかとちょっかいをかけたり、いじわるをしてくる。

「いや、それはちょっと……」

俺が頭の中で考えていることは、だいたい正解なのだと思う。

けれど、万が一にも間違えていた場合は笑い事じゃすまない。

だから俺のほうからは、なかなか動けないのだ。

もちろんオリガにだって、そんな俺の事情は分かっているだろう。

面白そうに笑みを浮かべつつ、こっちに近づいてくる。

そして、俺の腕を掴むと自分のほうへ引き寄せた。

「うぉっ」

細身の腕からは想像もできないほどの力が入っていて、とっさに抵抗も出来ず、されるがままになる。

彼女は母親が魔法使いで父親が騎士という家に生まれ、魔法と同時に剣も扱えるように教育を受けていた。

普通の攻撃魔法はもちろん、魔力で身体能力を強化するのも得意なのだ。

そんな訳で、普通の女性はおろか、男性よりもはるかに力が強い。

俺は抵抗する暇もなくベッドへ投げ出される。

「ふん、やっぱり近寄られると弱いのは、普通の魔法使いと同じね」

彼女はそう言うと、自分もベッドへ上がってくる。

シェイナさんとリリーも視線を合わせて頷き、ベッドへと歩み寄ってきた。

この寝室のベッドは、俺が昔から寝相が悪いこともあって大きい。

だから四人がいっしょに乗っても、十分なスペースがあった。

ベッドの上で尻もちをついている状態の俺の前に、美女三人が集まる。

「ほら、ここまでしてあげたわよ。これでもう分かったでしょう？」

正面にいるオリガがそう言って面白そうに笑う。

確かにベッドまで上がってしまえば、他の可能性は消えていた。

俺は満を持して回答を口にする。

「……また、俺の子種が欲しいってことかな」

すると、どうだろうか。彼女たちは揃って頷いた。

シェイナさんもリリーも、そしてオリガまでもがはっきりと肯定する。

細かい詳細は省くけれど、三人はそれぞれの考えで俺を求めていた。

最初は信じられなかった。彼女たちみたいな美人がそんなことをするなんて。

けれど、彼女たちなりの理由があると分かると、この行為も受け入れられるようになった。

「あなたはそのまま動かなくていいわよ。むしろ、下手に動かれると邪魔だわ」

そう言いながら最初に手を出してきたのはオリガだった。

彼女は躊躇なく俺のズボンに手を伸ばすと、下着ごとズリ下げる。

そして、露出した肉棒を右手で掴んだ。

「うっ……」

急所を掴まれて、一瞬緊張してしまう。

けれど、すぐに手が動きだし、俺のものを刺激し始めた。

「硬くしてあげるわ。そろそろこれの使い勝手も分かってきたんだから」

慣れた手つきで肉棒をしごいて勃起させようとするオリガ。

確かに最初のころと比べると、断然愛撫が上手くなっている。

細い指先が絡みついてくる感触は気持ちいいし、しごき方も絶妙だ。

けれど、まだ恥ずかしさは完全には消えていないようで、わずかに顔が赤くなっていた。

「むぅ……あんまりジッと見られると恥ずかしいんだけど！」

「ご、ごめん」

彼女の愛撫による快感を味わいながらも、そっと目をそらす。

彼女も俺と見つめ合うつもりはないようで、下半身へ視線を戻していた。

「じゃあフレッドくん、私たちは左右から、興奮できるようお手伝いしちゃうわ」

「わ、わたしも頑張りますっ！」

オリガが愛撫を始めるのに合わせて、シェイナさんとリリーも近づいてきた。

俺から見て左にはシェイナさん、右にはリリーの位置関係だ。

彼女たちは俺を挟み込むように座りながら、左右から体を押しつけてくる。

「さっきオリガは弱いなんて言ってたけど、フレッドくんは十分たくましいわよねぇ」

「森で仕事をしていると、ある程度の力はつきますからね。さすがに騎士なんかと比べられると、筋力では勝てないですけど」

シェイナさんが大きな胸を腕に押し当てながら、手を動かして俺の体を撫でる。

お腹のあたりから胸まで動かして感触を確かめているようだった。

一方、反対側のリリーはまだ恥ずかしいのか手を動かしていない。

それを見たシェイナさんが声をかけた。

「リリーもやってみたら？」

「えっ!?　わ、わたしなんかがやっても、だめですよ。フレッドさんに気持ちよくなってもらわないといけないのに……」

自信がなさそうに目を伏せるリリー。

シェイナさんは回復魔法に長けていて、病人や怪我人を治療することが多いから手先が器用だ。

それが転じて愛撫の巧みさになり、的確に興奮するポイントを刺激してくる。

リリーは少し不器用なところがあるし、余計に差を感じてしまうのかもしれない。

「胸の大きさだって、シェイナさんに負けてますし……」

「いや、それは比較対象が悪いよ」

「ひゃっ！　フ、フレッドさん!?」

「おっとごめん。急に話しかけちゃって」

リリーがどんどん悲観的になっているから、思わず声をかけてしまった。

けれど、いきなりだったから驚かせてしまったようだ。

「確かにテクニックとかスタイルではシェイナさんのほうが上かもしれないけど、その分リリーはいつも一生懸命にしてくれるじゃないか」

「それは、それくらいしかできないので……」

リリーも彼女なりの理由があって、俺のことを求めてくれている。

今日は四人でしているから恥ずかしくて、動きが鈍っているのかもしれない。

普段ならもう少し積極的だからだ。

「リリー、こっちを向いて」

そこで俺は、彼女の背に手を回すと抱き寄せてキスする。

「んっ!?　ふぁ……フレッドさん……んぁ、ちゅっ……」

リリーは一瞬だけ驚いた顔を見せたけれど、すぐに自分から唇を押しつけてくるようになる。

そのまま相手の唇をついばむようにキスしていると、押しつけられている体から緊張が抜ける気配があった。

「……もう大丈夫かな？」

「はぁ、ん……はい。ありがとうございますフレッドさん」

唇を離すと、まだ少し恥ずかしそうだけれど、可愛い笑顔を見せてくれた。

これならもう大丈夫そうだ。

「ふふっ、リリーももう、すっかりフレッドくんと仲良しねぇ。最初は挨拶するときも恐る恐るだったのに」

キスが終わったところを見て今度は、シェイナさんがアプローチをかけてきた。

彼女は自分の衣装をずらし、その大きな乳房を露出させる。

「っ！　やっぱり、シェイナさんすごい……」

隣でリリーが驚いている。

俺も声こそ上げなかったものの、その大きさに視線を吸い寄せられてしまった。

「フレッドくんどころか、リリーまで見とれちゃうなんてねぇ」

そう楽しそうに笑いながら、彼女は生乳を俺に押しつけてくる。

「うぐっ……す、すごい！　生の感触が……！」

　今までは服越しだった乳房のボリュームや柔らかさが直に伝わってきて、一気に体をめぐる血が熱くなるのを感じる。

「フレッドさん、気持ちいいですか？　な、ならわたしも……えいっ！」

　俺の反応を見たからか、リリーが自分もと服をはだけた。

　さっきのキスで、少し気分が高まったのかもしれない。

　そして、シェイナさんと同じように生の巨乳を押しつけてくる。

「うわっ……これは、すごいっ……！」

　左右から体に巨乳が押しつけられ、幸せな感触が頭の中にまで流れ込んでくる。

　熱くなった血が下半身を巡り、どんどん肉棒が硬くなってしまった。

「ひゃっ!?　なんでいきなり硬くしてるの！」

　これに驚いたのが手で愛撫を続けていたオリガだった。それまで俺と顔を合わせないように下を向いていたからか、こっちの状況が分からなかったらしい。

　けれど、顔を上げたことでどうして急に勃起したのか理解したようだ。

「……ふぅーん」

　オリガの目が細められ、視線が冷たくなったのを感じる。

「フレッドはあたしの手より、ふたりの胸のほうが気持ちよかったのね？」

「うっ……」

正直に言えばその通りだった。

彼女の愛撫も上手くなっているけれど、シェイナさんたちの巨乳サンドイッチのほうが興奮度合いとしては大きい。けれど、そのまま正直に言ってしまえばどうなるかは容易に想像できた。

「オリガの手も気持ちよかったよ」

なので真正面から答えず、少し方向をずらして言う。

「むっ……嘘じゃないでしょうね？」

彼女はそう言いつつ肉棒をギュッと握ってくる。今は少し強めなくらいの感触だけれど、万が一機嫌を損ねてしまったら、さっきの怪力で大惨事になってしまうだろうと思い少しだけ肝が冷えた。

それを顔に出さないようにしつつ、彼女の問いに頷く。

「……まあいいわ。今夜はシェイナとリリーもいるし、長々と問い詰めてるとふたりにも迷惑だものね」

「そ、そっか。良かったよ」

どうやら、ある程度は納得してもらえたようで安心する。

けれど、ほっと一息つく間もなくオリガが再度手を動かして肉棒をしごいた。

「うっ！」

「ふたりの顔を立てて追及はしないけど、これからどうするかはフレッドの選択よね」

「どうするって……何を？」

「決まっているじゃない。どういう順番でエッチするか、よ」

彼女の言葉を聞いて、なるほどと思った。

ふたりまでなら交互に出来るけど、三人じゃそうはいかない。

俺の体が一つしかない以上、どうしてもセックスする順番が生じてしまう。

要するに、彼女は最初に自分を選ぶことで、さっきのことをチャラにすると言っているのだ。

「そういうことなら、今夜はまずオリガに相手してもらえると嬉しいかな」

「ふふん、分かっているじゃない」

どうやら正解の回答ができたようだ。

彼女が満足そうな笑みを浮かべているのを見て、今度こそ安心する。

それからオリガは体を起こすと、俺に顔を近づけてきた。

「じゃあ、やってみなさいフレッド。今まであたしがしていたんだから、今度はあなたの番よ」

「分かったよ。満足してもらえるように頑張る」

俺はそう言うと彼女の肩に手を置き、そのままベッドへ押し倒した。

「んっ……」

オリガは抵抗せず、素直に横になる。

どうやら言葉通り、åå俺に任せるみたいだ。

なら期待に応えなきゃと、気合いが入る。

「オリガ、体に触れるよ」

俺は前かがみになると、一言断ってから手を伸ばす。

最初に触れたのは胸だった。

一番大きなシェイナさんには一歩譲るけれど、十分大きな巨乳を揉みしだく。

「あうっ、ん……ひゃぁ……！」

「オリガは相変わらず敏感だね」

「わ、わざわざ言わなくてもいいから……はぅっ！」

10秒も愛撫すれば、すぐに彼女の口から甘い声が漏れ始める。

他のふたりより数割増しで感じやすいのが、オリガの体の特徴だ。

もう何度もセックスして勝手も分かっているから、こうして愛撫するとすぐに反応してくれる。

さらに、余っているもう片方の手はお尻に回した。

シェイナさんの柔らかい胸と比べて引き締まっていて、揉み応えがある。

けれど敏感なのは変わらず、ゆっくり撫でるようにしながら刺激すると嬌声が大きくなった。

二ヶ所へ同時に愛撫したことで体のほうも、俺を受け入れる準備が整っていく。

「はぁ、はぁっ……だんだん体が熱くなってきちゃった……」

オリガも自分の体の変化を自覚しているようだ。興奮で熱を持った視線で見つめてくる。

「そろそろ準備が出来たかな。オリガ、もういいかい？」

「そうね。……でも、乱暴にしたら承知しないわよ」

「大丈夫。怪我をさせるようなことはしないよ」

俺がそう言うと彼女は体から力を抜く。どうやあ俺を受け入れてくれるようだ。

「じゃあさっそく……」

オリガの足を開かせて下着をずらし、秘部をあらわにする。

案の定というか、そこは愛撫によって濡れていた。

挿入を待ちかねているように蜜を垂らす秘部を見て、興奮が高まってくるのを感じる。

「ごくっ……すごいね。エロいよオリガ」

「あ、あんまりジッと見るのは禁止よ！」

「はいはい、分かったよ」

俺は秘部から視線を外し、代わりに腰を近づける。

三人に与えられた興奮で、そこは限界まで硬くなっていた。

俺はゆっくりと腰を前に動かして挿入していく。

「んぐっ……はぅっ、ああっ！　入ってくるっ！」

肉棒が膣内へ潜り込んでいくと、合わせてオリガの口から声が漏れた。

さっきの愛撫が効いているからか艶っぽい声だ。

「くっ、ふぅ……全部中に入るよ」

体がよく鍛えられているからか、中も活発に締めつけてきて奥まで挿入するのに一苦労する。

けれど、一度中に入ってしまえば、その締めつけが天国のような気持ちよさを生んだ。

その快感に、挿入直後だというのに腰を動かし始めてしまう。

「ひゃうっ!?　そんな、いきなりっ……！」

「大丈夫、そんなに激しくしないよ。結構濡れているし大丈夫だろう？」

驚いた表情を見せた彼女にそう言う。

実際オリガの中はよく濡れていて、軽く腰を動かすだけでピストンできた。

これだけ濡れているということは、彼女ももちろん興奮しているということ。

その証拠に、喘ぎ声がどんどん大きくなっていく。

「はひっ、あぁぁっ！　ううっ、中で動いてるっ……ひぃんっ！」

その声を聴いているとさらに興奮してくる。

合わせて腰の動きも、どんどん激しくなっていった。

その刺激に耐えかねたのか、オリガが悲鳴を上げる。

「あっ、あぁぁぁっ！　待って、だめッ！」

「どうしてだめなんだ？　そんなに気持ちよさそうにしてるのに」

「だって、こんなっ……ひゃっ、くひぃぃぃぃぃっ！　だめっ、だめだってぇっ！」

腰を動かしながら問いかけるが、彼女は首を横に振るばかりで明確な言葉が返ってこない。

快感でやられてしまって、頭を働かせる余裕がないようだ。

そんな乱れ具合に興奮し、彼女たちが望む子種が、俺の中でしっかりと製造されていくのを感じる。その一方で、それまで様子を見ていたシェイナさんとリリーも動き出す。

「すごい乱れっぷりねぇ。普段はしっかりしてるのにベッドの上ではこんなに可愛いなんて、そのギャップちょっとズルいわぁ」

そう言いながらも俺に豊満な乳房を押しつけ、興奮を煽ってくるシェイナさん。

俺とオリガのセックスを見て楽しんでいるらしい。

「そんなに余裕でいられるのも、今の内ですよ」

そう言うと、俺は片手を彼女の秘部に伸ばす。

「んっ！　あっ、ひゃっ！　手癖が悪いわよぉ！」

「エッチに誘惑してくるシェイナさんに言われたくないですよ」

一方、反対側にいるリリーは俺の指で、オリガに負けず劣らず乱れていた。

こちらも俺に胸を押しつけてきたので、お返しに愛撫を始めたからだ。

「スルッと中に入っちゃったねリリー。俺とオリガのエッチを見て興奮していたんだ？」

「うぁっ、はぁっ……！　す、すみませんっ！」

「謝らなくていいよ。代わりに、たっぷりとエッチな姿を見せてもらうからさ」

そう言いながら指を動かして、彼女の奥へと挿入していく。

「ひうっ！　はうぅぅっ！　指がっ、奥まで入ってきてっ……！　はぁはぁ、気持ちいいですっ！」

快楽に蕩け、うっとりした目で美少女に見つめられると背筋がゾクゾクするような感覚がある。

「じゃあ、このままもっと気持ちよくしてあげるからねっ！」

「は、はいっ……いっぱい気持ちよくしてくださいっ……ひゃ、んんぅっ！」

正面と左右から、女の子たちの喘ぎ声が絶えず聞こえてくる。

最高のハーレム感が味わえるプレイに、興奮がうなぎ登りだった。

「はぁ、くっ……んんぅっ！　やっ、だめっ、もう我慢できないっ！」

けれど、興奮が強くなっているのは俺だけじゃないようだ。

オリガも襲い掛かってくる快感を受け止め切れていない。

「そろそろイっちゃいそうかな？」

「ううっ……だめ、もうっ！　はぁっ、あああぁぁっ！」

彼女の呼吸はますます荒くなり、声も蕩けるように甘かった。

普段はキリッとした表情がトロトロになっている。

こんな顔をしながら膣内でキュウキュウと締めつけられたら、俺もたまらなかった。

「オリガ、このまま中で出すよ！　俺の子種……ギュウギュウ締めてくるエッチなここで、いっぱい受け取って！」

「あぁぁっ！　イクッ！　あたしもイクのっ！　ひぃぃぃぃ！」

彼女もイキそうなんだと分かると嬉しくなり、つい体に力が入ってしまう。

大きく腰を動かして膣奥まで突き込みつつ、いっしょに両手も動かして、シェイナさんとリリーの中もかき乱した。

「ひぁっ!?　やっ、くるっ！　イクッ！　イックウウウゥウウゥッ!!」

「あうぅぅっ！　フレッドくんの指でイかされちゃうっ！　んうううぅぅっ!!」

「だめですっ、だめぇっ！　蕩けちゃいますっ！　あああぁぁぁあぁっ！　ひぃぃいぃぃぃぃぃっ!!」

オリガ、シェイナさん、リリーの三人が立て続けに絶頂する。

それに合わせて、限界を迎えた俺も射精した。

「ぐっ……！」

ドクンと腰の奥から熱いものが吹き上がり、オリガの中を白く汚していく。

「あっ、んんっ！　中で出てる！　びくびく動いてるぅっ、あぁぁっ！」

彼女も射精の震えや熱さを感じているのか、また体を震わせていた。

オリガをはじめ、絶頂してしまった三人は体から力が抜けて、どさっとベッドへ倒れ込む。

「ううっ……腰が震えて動かないわ……」

「とっても上手くなってて、イかされちゃったわ。ふふ、すごく気持ちよかったわねぇ」

「はぁ、はぁ、んうぅっ……気持ち良すぎて、全然動けませんよぉ……」

服ははだけたままで、絶頂後の淫靡な姿を晒す三人。

このまま見つめていると、またすぐに欲望が復活してしまいそうだ。

「ふぅ……」

俺は自分を落ち着けるために一息つくと、再び彼女たちの顔を見る。

改めて見ても、こんな辺境の森には似つかわしくない美人たちだ。

どうして、生まれてこの方ずっと、この森でむさ苦しく暮らしていた俺が、彼女たちと関係を持つに至ったのか。


それは、こんな出会いと、お互いにとっての発見からだった。

第一章　王都からの客人

大陸でもっとも栄えていると言われている、クリエム王国。

その王国の辺境にある大森林に今、三つの人影があった。

全員が女性で、しかもこのような森の中には不釣り合いな華やかさがある。

一見場違いに見えるが、彼女たちは目的をもってこの森に踏み込んでいた。

「ふぅ、朝から歩きっぱなしで疲れちゃったわぁ……」

ため息をついたのは、長く鮮やかな青色の髪を持つ女性だった。

優し気でおっとりとした風貌だが、三人の中では年長だ。

そんな彼女の言葉に、先頭を歩く黒髪の女性が反応する。

「そろそろ魔物の生息域のはずよ。村で得た情報によればね」

青髪の女性とは対照的に、こちらは鋭い雰囲気があった。

腰には三人の中で唯一剣を提げており、武芸を修めた者独特の風格がある。

そして、そんなふたりの間には落ち着かない様子で左右を見渡す、小柄な少女の姿があった。

輝くような金髪に可愛らしい顔立ちだが、それを隠すようにフードを被っている。

他のふたりが大胆な服装なのもあって、いちばん地味に見えるかもしれない。

「うぅ……さっきからずっと薄暗くて、嫌な雰囲気ですね……」

「あら、リリーは怖いの？」

後ろにいた青髪の女性が、少女の隣に並んで問いかけた。

「はい。こんなところは初めてで……シェイナさんは怖くないんですか？」

「そんなに怖がらずとも大丈夫よ。私もオリガもそれなりに旅の経験はあるし」

リラックスしているような、ゆっくりとした口調で答えるシェイナ。

そのおかげで緊張していたリリーも、落ち着きを取り戻したようだ。

「そ、そうですよね！」

うんうんと頷きながら、オリガとシェイナのふたりを交互に見る。

「シェイナさんは回復魔法のエキスパートですし、オリガさんは魔法はもちろん、騎士流の剣術まで身につけた天才ですから！」

「あら、リリーだって、ここ数年で最も強い魔力を持っている有望株じゃない」

「そんな、わたしはまだ自分の魔力を完璧に操れない未熟者ですよ……」

彼女はそう謙遜しているが、周りの見方は違う。

若手の中では屈指の実力を持つオリガやシェイナとパーティーを組んでいるということは、それだけ将来が期待されてるということだった。

「あなたたち、そろそろおしゃべりは終わりにしなさい。嫌な雰囲気になってきたわ」

先を進んでいたオリガが、そう言いながら歩くスピードを落とす。

それに合わせて、シェイナとリリーも臨戦態勢になった。

「オリガ、魔物が来たのかしら？」

「多分そうね。さっきまであった動物の気配が消えたわ」

そう答えるとオリガは腰から剣を抜く。

魔法使いというのは当然、魔法を使うことで常人には不可能な大火力を発揮することが出来る。

その反面身体能力は低く、接近戦を不得手とすることが多い。

なので一般的な魔法使いは、戦闘を伴う任務の場合は前衛を用意しておくのが普通だった。

しかし、騎士である父親から訓練を受けた彼女はその例に当てはまらない。

幼少から厳しく実践的な訓練を受けていたおかげで、剣術だけでも並の騎士を上回る力があった。

その力は、これまでの仕事でも実際に発揮されている。

そのオリガが警戒しているということは、確実に敵が存在していた。

オリガとそれなりに長い時間パーティーを組んでいるシェイナも、すぐに反応する。

リリーも見よう見まねで、周囲を警戒していた。そして……。

「……来るわ！」

オリガがそう言った次の瞬間、正面の藪《やぶ》から何かが素早く飛び出してきた。

それは緑色の肌をした小人、ゴブリンだ。

魔物の中ではそれほど力は強くないが、一般人にとっては危険な相手となる。

特徴として必ず群れを作って襲い掛かってくるため、時には村を壊滅させるほどの被害を出す。

ゴブリンは棍棒を振り上げて、オリガの頭を砕こうとした。

「遅いわね！」

だが、彼女は構えていた剣を一閃。それだけでゴブリンの首が落とされて転がる。

「す、すごいっ！」

「油断しないでリリー！　これ一体じゃないわ！」

警告するように声を上げるオリガ。彼女の言う通り、続けて数体のゴブリンが現れる。

しかも前後から二体ずつ、三人を挟み撃ちにする形だ。

さらに、前方のゴブリンの奥には、粗雑な造りだが弓矢を持った個体までいた。

「リリー、前後は任せなさい。あなたは弓矢を！」

「わっ、分かりました！」

オリガはすぐさま役目を決めて対処にとりかかる。

「一体が二体になったところで、このあたしに勝てると思ってるの!?」

先ほどと同じように一瞬で一体を切り裂くオリガ。

しかし、同時に攻撃してきたもう一体が雄叫びを上げながら棍棒を振りかぶった。

「甘いっ！」

彼女はそこで慌てず、さっと左手をゴブリンに向ける。

「『アイスダガー』！」

次の瞬間、その手のひらから氷の短剣が射出された。

氷の短剣はゴブリンの体を打ち抜いて、奥にある太い木の幹に中ほどまで突き刺さる。

胸に風穴を開けられたゴブリンはそのまま崩れ落ちた。

彼女が剣についた血を払うのと同時に、背後でゴブリンの悲鳴が聞こえる。

そちらを振り向くと、手に槍を持った二体のゴブリンが、地面から伸びてきた土くれの腕によって拘束されていた。

ゴブリンたちはそのまま地面に引きずり込まれて、消えてしまう。

「嫌ねぇ。ただでさえ森の中を歩くだけで疲れるのに、魔物まで襲い掛かってくるなんて」

涼しい顔でそれを行ったのは、シェイナだった。

彼女は回復魔法の達人であるが、そのほかの魔法も人並みには修めている。

下級の魔物であるゴブリン程度ならば問題にもしない。

四体のゴブリンが襲い掛かってから殲滅されるまで、僅か数秒だった。

そして、残ったゴブリンにもリリーの魔法が放たれる。

「当たってください！　『ファイアランス』！」

彼女が手に持つ杖から、細長く成形された炎が発射された。ゴブリンはここでようやく弓矢を放つが、炎が射られた矢も飲み込んで、そのままゴブリンを焼き尽くす。

敵が全て倒れたのを確認して、オリガが警戒を緩める。

「これで一安心ね。でも、少し違和感があるわ」

「違和感ですか？」

こちらも構えていた杖を戻したリリーが質問する。

「ええ、ゴブリンが連携して挟撃してきたり弓矢を使うなんて、初めてよ」

「そうねぇ。もう少し賢いホブゴブリンならまだしも、あれは普通のゴブリンだったし」

オリガの言葉にシェイナも同意する。

「じゃあ、この森はそれだけ危険ってことですか？」

「危険かもしれないから、あたしたちが派遣されたんでしょう」

今回、彼女たち三人は所属している魔女ギルドから、この辺境の森の調査を任されていた。

一ヶ月ほど前、このあたりを移動していた隊商が強力な魔物に襲われて全滅している。

生存者がいなかったために情報は少なかったが、たまたま付近にいたギルド所属の魔法使いが、襲われた跡を調査していた。

その結果、襲撃した魔物については、ある程度の予想がつけられている。

いくつか候補はあるものの、どれも滅多に姿を現さない強力な魔物ということだった。

しかし、事件が起きた地域には魔女ギルドの支部がない。

そのため、王都の本部から精鋭である彼女たちが再調査にやってきたのだ。

そして三日ほど前にやっと、森に最も近い村へ到着し、今はそこを拠点に調査を行っている。

「村の村長によれば、もうそろそろ魔物の活動が活発になるエリアよ。そこで手掛かりが見つかるかもしれないわ」

その言葉にシェイナとリリーも頷き、再び歩みを進める。

それから10分ほど進んだとき、急に彼女たちの目の前が開けた。

どうやら小さな川が流れているようで、その影響で、ある程度開けた空間があるようだ。

「あっ、広いところに出ましたよ！」

「ふぅ、これで少しは、邪魔な木の枝に注意しなくてすみそうね」

リリーとシェイナのふたりがホッとしたように言う。

けれど、逆にオリガは警戒心を増していた。

「ふたりとも、待って」

オリガが手を上げたことで、後に続いていたふたりがピタッと止まる。

「川が、少し赤い？」

見れば、彼女たちの前にある川の水に薄っすらと赤いものが混じっていた。

さらに意識を集中すると、薄く血の匂いが香ってくる。

オリガの鋭い五感が、それを捉えたのだ。

「ふたりとも、上流に行くわよ！」

そう言うなり、彼女は上流へ向けて駆け出した。

「えっ、ちょっとオリガ！　急に走り出さないでほしいわ！」

「お、置いていかないでくださいっ！」

シェイナたちふたりが、慌てて追いかける。通常なら、危険な場所では絶対に三人で固まって行動するオリガだが、このときばかりは焦っていた。

「あんな量の血が流れているなんて、激しい戦いが行われたに違いないわ！」

拠点にしている村の人々は、魔物を恐れて森の奥までは入らない。

となると、魔物同士の争いか、迷い込んだ人間が襲われているかだ。

オリガは前者であることを祈りつつ急いだ。

小さい川とはいえ、赤く染まるほどの血が流れているのだ。

血を流しているのが人間だったのなら、その生存は絶望的になってしまう。

彼女はエリートとして育ってきたが故に、時々他人を見下す悪い癖があったが、生死のかかった問題となれば別だ。任務への責任感は、人一倍強い。

やがて、上流から漂ってくる血の匂いはますます強くなっていった。

同時にオリガの目の前に、大きな岩が現れる。

どうやらその向こうで争いが起こっていたようだ。

辺りは静かで争いはすでに終わっていたが、オリガは最大限注意して剣を抜く。

そして、剣を構えながら一気に岩の向こう側に回り込んだ。

「……はっ？」

そこには、全裸になって川の水で血濡れの体を洗っている男がいた。

体を隠すものはなく、頭のてっぺんからつま先までが、しっかり見えてしまっている。

「えっ、いきなり誰ですか？　というか、なんで剣を振りかぶってるの!?」

彼は最初に驚き、そしてオリガが剣を持って殺気だっているのを見て驚愕の声を上げる。

一方のオリガは、目の前に広がった光景があまりにも予想外だったのか固まっていた。

だが、やがて油の切れたロボットのようにギシギシと動き始める。そして……。

「いっ、いやあああぁぁあぁぁぁっ!!」

顔を真っ赤にしながら、構えていた剣を振り下ろした。

◆　◆

「ひゅう、危なかった……死ぬかと思った……」

川岸で体を洗っていた俺、フレッドは、なぜかいきなり現れた女性に殺されそうになった。

わけのわからない状況だったけれど、剣を見て咄嗟に体を動かすことには成功する。

危機一髪で、黒髪の彼女の攻撃を避けることができたんだ。

幸い彼女は一度剣を振り下ろした状態で止まっていたので、その隙に岸に上がって、最低限の下着を履く。そうしていると、彼女の仲間らしき女性たちがやってきた。

「オリガ、大丈夫!?」

「悲鳴がしましたよ！　どうしたんですか!?」

長い青髪の女性と、短めな金髪の少女だ。

黒髪の彼女もそうだけれど、こんな辺境では見たことがないほど美人だった。

ちょっとだけ彼女たちの美貌に見とれてしまったけれど、すぐに気を取り直す。

「あの、あなたたちはいったい誰なんですか？」

そうして問いかけると、ふたりも俺の存在に気づいたようだ。

「えっ、人間？　この森の中に？」

「ひゃわっ!?　お、男の人の裸がっ！」

どちらも驚いた顔をしているけれど、その反応はベクトルが違う。

青髪の女性のほうは、俺の存在そのものに驚いている。

けれど、金髪の子は裸なことに驚いているようだ。

とりあえず、まだ冷静に見える青髪の女性に声をかける。

最初の黒髪の女性はショックを受けているようで、その場で座りこんでなにやらブツブツとつぶやいており、会話できそうになかったからだ。

「俺はフレッドといいます。この森の近くに住んでいる者です」

「ああ、住人の方ですか。私はシェイナです。しかし、そのぉ……どうしてこんな場所で裸になっているんですか？　それに血濡れですし」

そう言われて俺は、自分の体を見下ろす。

ある程度汚れは落としたつもりだったけれど、まだ残っていたようだ。

慌てて濡らした布でそこを拭いつつ、質問に答える。

「すみません、お見苦しいところをお見せして。実は仕事中だったんです」

「仕事というと、もしかして狩人さんですかぁ？」

「ええ、似たようなものですかね」

俺は話しつつ、近くの岩に置いていた服を着ていく。

いつまでも下着姿では申し訳ないし。

「でも、返り血をそんなに浴びている割には、獲物が見当たりませんね」

そう言いながら、シェイナさんが辺りを見渡す。

確かにこの辺りにはそんなものは見えないよな。

「実は、今回の獲物はかなり大きくて、ここには持ってこれないんですよ」

「まあ、ひとりでは運べないいくらい大きいいんですかぁ？」

「そうですね。まあ、後で埋めるつもりだからいいんですけど」

「えっ……せっかく狩った獲物を埋めちゃうんですか!?」

俺の話を聞いた彼女が驚いてしまう。

「ああ、それは違うんですよ」

少し説明が足りなかったかもしれないと思い、言葉を続ける。

「俺が狩ったのは普通の動物じゃなくて魔物なんです。だから、肉も皮も使えないので」

魔物というのは、かつて存在した邪神が作り出したモンスターだ。通常の動物より何倍も強い力を持っている上に、体が人体にとって有毒なことも多いため、有効利用も難しい。

困ったことに連中は、人間の気配を感じると襲い掛かってくるという特性まで持っている。

人気のない秘境なんかでは魔物も他の動物と同じように生きているようだけれど、わずかでも人間の反応があればそちらへ向かうからたちが悪い。

それ以外には、おおむね普通の動物の生態に似ているのに、この習性のせいで、被害が出てしまう。視覚や嗅覚などで人間の存在を確信すると、すぐに襲い掛かってくるのだ。

そんななので、狩ったのが魔物なら、すぐに埋めるのも理解してもらえるだろうと思ったんだ。

しかし、それに対する彼女たちの反応は予想外のものだった。

「はっ？　ま、魔物ですかぁ？　それはもしかして、ゴブリンとか？」

「いや、すごく大きな熊の魔物ですよ。顔と腕が三頭分もあったんで、重くて動かせないんです」

まあ普通の熊だったとしても、重くて持ち帰れなかっただろうけれど、アレはほんとうにビクともしなかった。運ぶのは無理というものだ。

そんなことを考えていると、シェイナさんの背中に隠れていた金髪の少女が顔を出す。

「あの、わたしはリリーといいます。頭と腕が、三頭分あったと言いましたか？　それは大きさとかではなくて、数として頭が三個とか、腕が六本とか……」

「あ、はい。それが何か？」

「シェイナさん！　それ、今回わたしたちが探していたアシュラベアーじゃないですか？」

「アシュラベアー。確かに、隊商を襲撃した魔物候補に挙げられていたわねぇ」

どうやら俺の倒した魔物は、アシュラベアーという名前らしい。

生まれてからずっとこの辺りで暮らしていたけど、そんなことも知らなかった。

名前を知らなくとも、あまり困らなかったからな。

彼女たちは見た感じこの辺りの人間じゃないし、都会から来たんだろう。

やっぱり都会の人は物知りだなぁ、なんてことも考えてしまう。

そのとき、それまで蹲《うずくま》っていた黒髪の女性がヨロヨロと立ち上がった。

「ちょっと待ちなさい……じゃあ、あなたがアシュラベアーを狩ったというの？」

しっかりと顔を見ると、彼女もかなりの美人だった。

意志の強そうな目にキリッとした顔立ちで凛々しく見える。

それに加えて、ここら辺ではまず見ないような扇情的な姿をしているので、視線を下半身に向けないように苦労する。

彼女の鋭い視線が一直線にこちらへ向けられているから、どうも落ち着かない。

「えっ、まあ……はい」

「本当に？　信じられないわ、こんなところで裸になっているような変態が！」

「ちょっ、変態は酷いぞ！　返り血を浴びて仕方なく洗ってたんだ！　なにも、自分から好き好んで裸になってた訳じゃないって！」

突然酷いことを言われてしまったので、さすがに反論する。

いくら美人が相手でも、馬鹿にされたら怒るのは普通だ。

「君こそいきなり怒って、失礼じゃないのか？」

「あなたが魔物を狩ったというのが信じられないのよ！　それに、あんなもの見せられて怒らない女がいると思うの!?」

「うっ！　そ、それは……」

確かに、前者はともかく後者に関しては俺が悪いかもしれない。

後のふたりが到着したときは下着姿だったけれど、彼女のときは全裸でモロ出しだった。

意図せずとはいえ、年頃の女性に局部を見せつける形になってしまったのは事実だ。

「それは謝るよ。申し訳なかった」

女性を怒らせてしまったときは早めに謝ったほうが良いと、昔、父さんから聞いたことがある。

意を決して頭を下げると、それ以上の言葉は飛んでこなかった。

少し時間をおいて頭を上げると、まだ少し不満そうな表情の彼女が俺を見ている。

けれど、さっきのように怒鳴るようなことはないので安心した。

「許してもらえるかな？」

「……まあ、意図していないのは分かったから見逃すことにするわ。あたしはオリガよ」

「俺はフレッド。改めてよろしく」

「ふんっ……」

挨拶とともに握手しようと右手を伸ばしたけれど、オリガには無視されてしまった。

その代わりか、伸ばした俺の手をシェイナさんが取る。

「フレッドくん、よろしくね。さっそくだけど、あなたが狩ったという魔物を見せてもらいたいの。私たちはそれを調べるためにきたのよ」

「ええ、いいですよ。こっちです」

それから、しっかり身だしなみを整え荷物を持つと、彼女たちを案内する。

普通は森の中を歩いていくのは大変だけど、今回は俺が川まで出るのに開いた道があるので楽だ。

三人はどうやら、この森の歩き方にまだ慣れていないようだし。

ただ、ぜんぜん歩けないというわけでもなさそう。

都会の人はもっと、自然の中を歩き慣れていないイメージがあったけど、そうでもないみたいだ。

魔物の調査をしているというし、ある程度は経験豊富なのかもしれないな。

そんなことを考えながら歩いていると、すぐ後ろをついてきているオリガから声がかけられた。

「フレッドは、いつも森の中に入っているの？」

「うん、まあね」

「この森は魔物が出るでしょう？　そんなに軽装だと自殺行為よ」

彼女はそう言うと俺の荷物を指差す。

俺の持ち物は、それなりの大きさのリュックと、歩くときに使っている杖くらいだ。

確かに見た目だけだと、魔物の跋扈《ばっこ》する森に入るには軽装備かもしれない。

「まあ、これでもなんとかなるもんだよ。身軽なほうが素早く動けるし」

「ふぅん、そうなの。それより、もう少し速く歩けない？」

そう言うと彼女は、警戒するように周囲へ視線を動かす。

どうやら俺にたいした興味はなく、早く魔物を見たいらしい。

「じゃあ少しだけ急ぎましょうかね。日が暮れると帰るのも大変だ」

三人の歩みが思ったより速いこともあって、俺は歩くスピードを上げる。

それから20分ほど経った頃、ようやく目的地にたどり着いた。

ここもさっきの川と同じで、少し開けた場所になっている。

そして、その空間の中心に黒い毛むくじゃらな塊が倒れていた。

「あれが例の魔物ね」

魔物を見つけると、オリガが俺を追い越して中心へ向かう。

「あっ、気をつけてよ！　他の魔物がいるかもしれないし」

「大丈夫よ、そんな気配はないわ」

俺の心配など無用だとばかりに、振り返ることもなく進むオリガ。

そして、シェイナさんたちも彼女の後に続いた。残された俺は、一つため息をして後を追う。

魔物の近くに来たときにはもう、彼女たちは調査を始めていた。

「三つの頭に六本の腕……頭一つと腕が半分なくなっていますが、間違いありません。これはアシュラベアーです！　しかもすごく大きいです！」

驚いたように言いながら、リリーがしゃがんで手元のノートに何か書き込んでいる。

その隣に立っているシェイナさんも、難しそうな表情でアシュラベアーを見下ろしていた。

「本当に大きいわねぇ。アシュラベアーは前に一度だけ見たことがあるけど、それより一回りは大きいわ」

そして、オリガは致命傷になっただろう胸の傷を見ている。

「熱い毛皮と脂肪、それに筋肉を一撃で貫いて心臓を破壊している。すごい威力ね」

なにやら真剣な表情で調べているので、邪魔してはいけないと思い後ろに下がる。

そして、狩りをした後で疲れているので休憩することにした。

近くにあった手ごろなサイズの石に腰掛けて、リュックの中から水筒を取り出す。

三人の調査は魔物本体から周辺の状況にまで及んで、魔物のつけた傷跡なども調べているようだ。

そのまましばらく待っていると、一時間ほどで調査が終わる。

そして、三人で何か意見を突き合わせた後で、こちらへやって来た。

代表してオリガが話しかけてくる。

「確認するけれど、この魔物をあなたが倒したというのは本当なの？」

「ああ、そうだよ。俺がやった」

「あの致命傷は、普通の人間じゃ攻城兵器でも使わないとつけられないわ。はっきり言って信じられない。いったい、どうやったというの？」

オリガの視線が、これまででいちばん厳しくなっている。

彼女にとっても重要なことで、誤魔化しは許さないということだろう。

俺も真剣に答えなければと思い、立ち上がる。

「あれは、魔法を使って倒したんだ。俺、こう見えても魔法使いなんだよ」

「……魔法使い？　男のあなたがっ!?」

「えっ？　そ、そうだけど？」

俺はごく普通に答えただけのはずなのに、オリガは信じられないという表情をしていた。

しかも彼女だけじゃなく、シェイナさんやリリーまでいっしょに。

さらに、オリガはなぜか怒った様子で詰め寄ってくる。

「ちょっと、冗談を言っていたら承知しないわよ！」

「じょ、冗談じゃないって！」

「そんなはずないでしょう！　だって、魔法使いは女しかなれないのよ！」

「……はぁっ!?」

今度は俺が驚く番だった。女性しか魔法使いになれないなんて、初耳だ。

「そんなはずない！　だって、俺の父さんは魔法使いだったぞ！」

少し力を込めてそう言うと、後ろにいるシェイナさんとリリーの表情が困惑に変った。

「……本当に？　こんな辺境に男の魔法使いがいるというの？」

「そ、そんなことがあれば大ニュースですよ！」

シェイナさんとリリーも、オリガと同じように驚いているようだ。

「いったい全体、どういうことなんだ？」

互いの認識の違いが大きすぎる。

どうしたら良いか分からず呆然としていると、オリガが大きく息を吐き出して俺を見る。

「分かったわ、一度しっかり話をしましょう。どこか落ち着ける場所はある？」

「あ、ああ。それなら俺の家に来るといいよ。ここからなら近いし、動物や魔物も近づかない」

「じゃあ、そこへ行きましょう。その前に、これを片付けないといけないわね」

彼女はそこで振り返ると、アシュラベアーのほうを見る。

「それは私に任せてちょうだい」

シェイナさんがそう言うと、魔法でアシュラベアーを土の中へ埋めてしまった。

初めて彼女たちの魔法を目にしたけれど、見事な手際だ。

それから俺たちは、森を抜ける。そろそろ日が暮れそうということで急ぎ、なんとか森の入り口にある家にたどり着くことが出来た。

「ここが俺の家だよ」

「へえ、田舎にしてはそれなりの造りね」

オリガが少しだけ関心したようにつぶやく。

確かに俺の家は大きい。

都会の建物と違って木造だけれど、客室だけでも四つある。

俺の案内で三人を家の中に迎え入れ、まずリビングでくつろいでもらうことに。

お茶を用意して俺もソファーに腰掛けると、三人と向かい合った。

「まず、改めて自己紹介しましょうか」

「そうだね。じゃあまず俺からするよ」

これから話をする上で、互いのことを知っておくのは重要だった。

「俺はフレッド。この森で狩人というか、番人のようなことをしている。魔物が森から出てこない

「魔法が使えるから、なんとかね。まあ、主に見張っているのは人里のある方角だから、たまに別のところから魔物が出て行ってしまうことがあるけど。探知魔法では、森全体を監視できないんだ」

「へえ、ひとりでこの広い森の番人を？」

よう見張るのが仕事だよ」


だから両親は、協力して森全体を監視する魔法を設置していた。

まだ若輩者だと分かっているけれど、同じことができずに力不足を感じている。

「今日は、人里のほうへ向かおうとする魔物を魔法で見つけて、駆けつけたんだよ」

そう言うと、オリガとシェイナさんが顔を見合わせた。

「じゃあ、あたしたちが探していたのはあのアシュラベアーで間違いなさそうね」

「ええ。おそらく一度人を襲って、より人間への憎悪が増してしまったんでしょうねぇ」

どうやら俺の倒した魔物には、すでに前科があったようだ。

そう考えると早めに対処できたのは良かったと思う。

それから、今度は改めてオリガたちの自己紹介を聞くことに。

「あたしはオリガ。魔女ギルドの魔法使いよ。王都の魔法学校を首席で卒業しているわ！」

どうやら彼女は、今の魔女ギルドにいる若手魔法使いでは断トツのエリートのようだ。

魔法学校を卒業した魔法使いは、国に雇われて軍人や研究者になるか、魔女ギルドに所属して様々な依頼を受けて身を立てる者がほとんどらしい。

自分の能力に自信を持ち、独力で大成することを夢見ている彼女は、迷わず後者を選んだという。

ちなみに、魔法使いの母親と騎士の父親を持ち、魔法だけでなく剣まで扱えるとか。

「私はシェイナよ、よろしくね？　普通の魔法使いよりちょっと回復魔法が得意かしら」

シェイナさんは、オリガと同じようにギルドの中では若手の有望株と見られているらしい。

オリガともそれなりの期間、パーティーを組んでいるようだ。

回復魔法は需要が多い割に、得意な魔法使いが少ないらしい。

おかげで短い休みだけで色々な場所に引っ張り出されると、愚痴を言っている。

けれど、プライドの高いオリガが仲間と認めているだけあって、その能力は本物だ。

俺も回復魔法については過去に苦い思い出があるので、機会があれば教えを請《こ》いたいと思った。

「わっ、わたしはリリーです。よろしくお願いします……」

消え入りそうな小さい声で自己紹介するリリー。

彼女はパーティーではいちばん年下だけれど、高い才能を秘めているらしい。

魔法学校を卒業した生徒の中では、ここ数年で最も魔力が多く、大規模魔法にも適性があるとか。

ただ、その膨大な魔力の制御が苦手で、まだ完全には能力を出しきれていないようだ。

いつかは、自分の魔力を完全に扱えるようになりたいと言っている。

こうして互いに自己紹介をした俺たちは、少しずつ話を始める。

「この辺りにはここしか家がないからね。お客さんや遭難者を見つけたときに、余裕をもって泊まってもらえるようにしてあるんだ」

「なるほど、山小屋みたいな役割もあるのね。確かにここは、あたしたちが滞在していた村からも距離があるし」

「ここらへんの村といえば、テケ村しかないから、そこかな？」

「ええ、そうよ。村長にはよくしてもらっているわ」

「俺もよくお世話になってるよ。こんなところじゃ、日用品が手に入らないから」

互いに共通の人間のことを話題にすると、少しだけ雰囲気が和む。

一部でも価値観を共有できれば、警戒心が緩むからだ。

お互いに、相手がある程度信用できると分かったところで、オリガが真剣な顔つきになる。

「そろそろ本題に入らせてもらうわ。さっきあなたは、自分が魔法使いだと言ったけど、証拠はあるのかしら？」

そう言って、俺に向けられた視線は鋭い。

もし嘘だったなら許さないという意思が込められている。けれど、俺は慌てることなく答えた。

「ああ、もちろんだよ。こんなふうにね……『ファイアボール』！」

俺が片手を上げて呪文を唱えると、手のひらから球状の炎が現れた。

「わっ！　ま、魔法ですよ！」

「まあ、本当に魔法使いなのねぇ」

リリーもシェイナさんも、俺の魔法に驚いているようだった。

怪しんでいたオリガでさえ一瞬、目を見開く。

「……どうやら嘘ではないようね。実際に目にした今でも信じられないけれど」

ただ、未だに俺が魔法を使えることへの違和感はぬぐえないらしい。

「どうしてそんなに不思議がるんだ？」

思わず問いかけると、オリガはゆっくり説明し始める。

「まず、あなたは魔法をどういうものと認識しているのかしら？」

「そりゃあ、魔力を使って超常的なことを起こすものだよ」

「その点は合っているわ。じゃあ、どんな人間なら魔法を使えると思う？」

「魔力があれば誰でも使えるんじゃないか。魔法のことを勉強して訓練する必要はあるけど」

そう返すと彼女も頷いた。

「ええ、間違ってはいないわ。けど、少し認識の違いがあるみたいね」

「認識の違い？」

「誰もが、魔法が使えるほど魔力を持っている訳じゃないの」

確かに人によって魔力の量は、異なるかもしれない。

うちの両親の場合も、母さんのほうが多かった。

「確かに差はあるだろうけれど、そんなに大きいものなのか？」

「ええ、とても大きいわ。特に男女差は。なにせ、あたしたちはここに来るまで、魔法が使える男性がいることを知らなかったくらいだもの」

「そ、そんなにっ!?」

彼女の言葉は、俺の予想を大幅に上回ったものだった。

まさか魔法が使えないほどに差があるとは思わず、驚きで声を上げてしまう。

「いや、そんな……信じられないよ。現に俺の父さんは魔法を使えていたし……」

「だからあなたも魔法を使えるんでしょうね。魔力というのは、血に依存するものなのよ」

それから俺は、オリガに魔力に関する説明を受けた。

どうやら、強い魔力を持つ親から生まれた子供は、総じてその魔力量を受け継ぐらしい。

けれど、どうしてか男に対しては、それが受け継がれないようだ。

魔法使いの研究者が色々と調べた結果、女子には母親の、男子には父親の魔力が主に受け継がれるらしい。魔力の強い母親から生まれた男子は、他の男子よりは少し魔力が強くなるようだが、魔法を実用的に使えるまでには至らないのだとか。

だから、ある程度の魔力を持つ両親から生まれた男子ならば、魔法が使える可能性自体はあるという。

もちろん何とかして魔法使いの男子を生み出そうと、国を挙げて魔力の強い男性を探したこともあるようだ。だが、十年近い時間をかけて外国まで探索しても、結局は見つからなかったとか。

それによって今では、男魔法使いの誕生はほぼ諦められているようだ。

けれど、こうして国の辺境で、ひそかに男の魔法使いが誕生していたわけだ。

「なるほど、確かにそれは驚くに決まってるね」

俺はようやく、事態を飲み込むことが出来た。

けれど、同時に少し残念なことも思い浮かんでしまう。

「お世話になってる村の子供たちの中には、将来魔法使いになりたいって言ってる子もいるんだ。もちろんその中にも男の子がいる。彼らの夢は叶えてあげられないのかな……」

少し落ち込んで、視線を床に落としてしまう。

「あなたのご両親は、元々この地方出身だったのかしら？」

「いや、元は都会のほうで暮らしていたらしい。どこの出身とかは知らないんだ。祖父母の顔も見たことがない」

そういえば、子供のときに祖父母について聞いたことがあったように思う。

けれど、そのときは上手くはぐらかされてしまった。

「もしかしたら研究のことを知って、この田舎に隠れたのかもしれないな」

「そうね。もし国に知られていたら、あなたの父親は強制的に協力させられたでしょうし」

「……言いにくいことをガツガツ言うんだね、オリガは」

「あなたに遠慮する必要もないし、あたしは別に国に仕えているわけじゃないもの。公職の騎士と違って、魔女ギルドの人間は厳密にいえば民間人だもの。あたしが重視するのは魔法使いとしての評価だけよ」

当たり前のように言うオリガ。

確かに彼女の性格なら、こう言うのが普通かもしれない。

まだいっしょに過ごした時間は少ないけれど、オリガが自分の技能に自信を持っていてプライドの高い人間だというのは分かっている。

「……じゃあ、俺の存在を知った今は、どうするつもりかな？」

俺は少しだけ視線に力を込めて、三人を見る。

この話を聞かされてから、まず最初に感じたのは危機感だ。

血の継承の理屈では、男魔法使いの子供は、男子でも魔法使いになる可能性が高い。

となると、俺の存在は新しく男の魔法使いを生み出す上で重要な素材だ。

もし国が俺の存在を知ったら、間違いなく捕まえようとするだろう。

ずっと森に籠《こも》っていたから難しい権力関係は分からないけれど、それくらいは予想できる。

そのまま緊張して答えを待っていると、まず口を開いたのはやはりオリガだった。

「もしかして、あたしが国へ告げ口すると思っているのかしら？」

「可能性がないとは言えないんじゃないかな」

仕えていないとは言っても、やっぱり国家の力は大きい。

そこに恩を売ることが出来れば、大いに利益があるはずだ。

例えば金銭であったり、何かしらの利権であったり。

オリガは魔法使いとして成功することが目的だと言っているけれど、国の援助があればそれもやりやすくなる。そう思っていると、突然オリガがフッと笑った。

「そんなつまらないことをするつもりはないわ」

「つまらないだって？」

「ええ。国に渡すより、あたしの手元に置いておいたほうがよっぽど利益があるもの」

「手元にって……」

その言葉に反応してとっさに身構えてしまう。

つまりは、俺のことをどうにかして拘束するつもりだ。

けれど、身構えている俺に対してオリガは苦笑いする。

「まさか、ここであなたを捕まえるために戦いを始めるとでも思っているのかしら？」

「……じゃあ、どうするんだ？」

さっぱり予想がつかず問いかける。

もしかして、俺が喜んで協力すると思っているのだろうか。

だが、彼女は俺の考えの斜め上の答えを持ってきた。

「そんなの決まっているじゃない。あたし自身があなたと子供を作るのよ」

「…………えっ？」

「ふふっ、まあ驚くでしょうね。でも、魔法使いの中でも特別優秀なあたしと男魔法使いのあなたなら……」

「いや、その……今、なんて言ったんだ？」

一瞬、彼女の言葉が理解できなかった。

「ごめん、驚きすぎてきちんと聞けてなくて」

なのでもう一度聞き直したのだけど、オリガの表情がわずかに歪む。

不快というより、何かムズムズしているような感じだ。

「あたしにもう一回言わせるつもり!?」

「いや、その……聞き間違えかもしれないし……」

すると、徐々にオリガの顔色が変わっていく。

少しずつ赤くなって……もしかして、恥ずかしがってるのか？

最初の一回は勢いで言ったけど、聞き返されて冷静になったら恥ずかしくなってきたパターンかもしれない。

「ッ……！　もう一度だけ言ってあげる。あたしとあなたで子作りするのよ！」

「う、うん。言っていることは理解できたよ」

顔を赤くして睨んでくる彼女に頷いて答える。

さすがにここでもう一回聞き返したら、今度は魔法が飛んできそうだ。

「……でも、そう簡単に答えられる問題じゃないよ。子作りなんてさ」

新しく生み出した命には、責任を持たないといけない。

実験や道具扱いで子供を作るなんて、やっちゃいけないことだ。

「それに、他のふたりはどうなんだ？」

オリガが俺と子作りしたいと言っても、残ったふたりが同意するかどうか。

彼女たちの中には、国やギルドに情報を知らせたい人もいるかもしれない。

そう言ってふたりのほうを見ると、彼女たちの反応は分かれていた。

「そうねぇ……じゃあ、私も子作りに立候補しちゃおうかしらぁ！」

「えっ、シェイナさんもっ!?」

驚きの声を上げる俺に対して、彼女はニッコリと笑みを浮かべる。

「実は最近、魔女ギルドに便利に扱われている気がするのよねぇ」

「職場への不満ですか？」

「私は回復魔法が得意なんだけれど、魔法使いの中ではなかなか貴重なのよ。まだ若いこともあって、いろいろな事件に派遣されちゃってる訳でねぇ……」

どうやらシェイナさんの場合は、現在の境遇に不満があるようだ。

そのため、俺との子作りを新しい選択肢にしたらしい。

「都会は何かと便利だけど、田舎でのんびり暮らすのも良さそうだもの」

そう言いながら彼女は腕を組む。

すると、大きな胸が強調されてそこへ目が向かってしまいそうになった。

彼女たち三人は揃ってスタイルが良い。

けれど、単純なセクシーさという意味ではシェイナさんが一番だった。

「……ふふっ」

シェイナさんはそんな俺の気持ちを悟ったように笑った。

彼女と目を合わせているとドキドキしてきてしまう。

なので、今度はリリーのほうへ視線を移した。

「あの……リリーはどうかな？」

「ひぇっ!?　わ、わたしですか？　わたしはその……まだ状況がよく呑み込めていなくて……」

「そっか、俺もそうだよ。急展開すぎてまだ少し混乱してる」

「ああ、フレッドさんもそうなんですね！」

俺がそう言うと彼女も少し安心したのか、息を吐いて肩の力を抜く。

「赤ちゃんを作るとか、そういうことはよく分りません。でも、自分のために他人を悲しませるようなことはしたくないです」

どうやら彼女も、俺のことをどこかへ報告するつもりはないようだ。

「ありがとう。助かったよ」

感謝して頭を下げるとリリーは慌てて手を振る。

「そんな！　別に頭を下げてもらうほどのことじゃありません！　それに……」

「それに？」

俺が顔を上げると、彼女は少し迷いつつも言葉を続ける。

「それに、昼間倒されたアシュラベアーを見たとき思ったんです。最後の致命傷の技は、ファイアランスですよね？」

正解だった。どうやら傷口から、使用された魔法を分析できるらしい。

俺が彼女と同じくらいのときには、まだ自分の魔法のことだけで精一杯だったのに。

素直にすごいと思いつつ頷く。

「ああ、そうだよ。あの魔法はなかなか攻撃力が高くて使いやすいんだ」

「やっぱり！　でも、あんなに綺麗な攻撃の痕は初めて見ました！」

続けている内に、どんどんリリーの言葉に熱が込められていく。

「きっと魔法の精密制御に長けている人がやったんだと、一目でわかったんです。そのとき強く思いました、わたしもこんなふうに魔法を使えるようになりたいって！　だから、どうかわたしに魔法の制御を教えてくださいっ！」

「お、俺に教えてほしいのか？　まだ若輩者だよ」

「そんなことないです。あの戦闘跡を見れば、フレッドさんの魔法の腕は分かります。お願いします！」

そして今度は、リリーに頭を下げられてしまった。ここまでされては嫌とは言えない。

「分かったよ、俺にできることはする」

「わぁ！　ありがとうございますっ！」

了承すると、彼女は花が咲いたように嬉しそうな笑みを浮かべた。

けれど、ひとしきり喜んだあとでハッと気づいて顔を赤くする。

「すっ、すみません！　わたし、ひとりだけ盛り上がってしまって……」

「いや、いいんだよ。リリーの魔法に対する熱意は伝わってきたから」

彼女たち三人の意見を聞くことが出来てよかった。

とりあえずは、国やギルドに売り渡されることがないということで安心する。

それと同時に肩から力が抜ける感覚がした。

「ふぅ、今日は少し疲れた。いろいろなことがあったし」

普段なら魔物を倒しただけでもかなりの大仕事だ。

オリガたちも森の中を歩いて疲れているらしい。

彼女たちには客室を使ってもらうことにして、今日は休むことになった。

◆　◆

翌日のお昼、俺はまた森に入っていた。もちろんオリガたちもいっしょだ。

どうしてこうなったかと言うと、朝食のときの会話が原因だった。

四人で机を囲んでいると、隣に座ったオリガが話しかけてきたんだ。

「そう言えば、あなたが魔法でアシュラベアーを倒したのは認めるけれど、具体的にはどうやったのかしら？」

この時点での彼女はまだ、比較的ご機嫌だった。

「ああ、それは普通に駆けつけて一発デカいのをぶち込んで、後は流れで」

「……は？」

俺の言葉を聞いたオリガの表情が固まった。

「どういうこと？　あのサイズの魔物を相手にひとりで、何の準備もなく戦ったの!?」

「そ、そうだけど……」

いきなり不機嫌になったオリガに困惑してしまう。

俺は事実を伝えただけなのに、彼女はえらく不満そうだった。

「昨日現場を調査して、あたしたちは確信したわ。今回の件はギルドがあたしたち精鋭を派遣して正解だったとね。並の魔法使いだったら、三人ぐらいじゃ全滅だもの。倍の六人は必要よ。それくらい、あの魔物は強靭だった」

オリガはそこで一呼吸置くと、ジッと俺を睨んでくる。

「それを、行き当たりばったりで倒したっていうなんて、信じられるはずがないじゃない！　しかも、男の魔法使いが！」

「うっ……そう言われても、実際そうやったんだから困るよ」

そう言って、シェイナさんたちに助けを求めるように視線を動かす。けれど……。

「そうねぇ、倒したのは事実でも、今のがちょっと信じ難いのは事実だわ」

「はい、わたしも何重にも罠を設置して、待ち伏せていたとかかと思っていました」

どうやらこの場において、味方はいないらしい。

「……分かった、証拠を見せるよ」

こうして、実際に魔物を狩るところを彼女たちに見せることになったのだ。

「フレッド、さっきから一直線に進んでいるけど、ちゃんと行き先は分かっているの？」

「ああ、この辺には探知用の魔法を設置してあるからね。ほら、そこに」

俺が指差した先には、少し開けた地面が見えた。

その地面には石と石灰で魔法陣が書かれている。

「瞬時に魔法を使うなら詠唱のほうがいいけど、効果を持続させるなら、魔法陣を書いたほうが長続きするから」

「なるほど……確かに、綺麗に書かれているわね。魔法学校の教科書に載っているものとは、様式が少し違うけれど」

「へえ、そうなんだ。これは両親が残したノートを元に少し改良したんだよ。俺ひとりで出来るだけ広い範囲をカバーできるようにね」

すると、話を聞いていたリリーが感心したように魔法陣を覗き込む。

「確かに普通の探知用の魔法陣よりも一回り大きいですね。でも、ひとりで魔法の改良をするなんて凄いです！　まるで研究者さんみたいですよ！」

「あはは、ありがとう。こんな田舎じゃ、それくらいしかやることがなかったからね」

幸い家の隣にある小屋には、両親の残してくれた魔法に関する資料や道具がたくさんあった。

そんな話をしていると、別の場所にある探知魔法に反応があった。

「移動しているな。みんな、こっちだよ」

方向を変え、三人を誘導しながら森を進んでいった。

そして途中であることに気づく。

今追っている魔物が向かっている先は、昨日アシュラベアーを倒した広場だった。

「……どういうことだ？」

その違和感はすぐ解消されることになる。

昨日の広場に到着すると、そこにいた魔物は見覚えのある姿をしていた。

「ア、アシュラベアーがもう一頭⁉　しかも、昨日のよりさらに一回り大きいです！」

リリーが、声を抑えながらも驚いた様子でそう言った。

「確かにアシュラベアーね。まさか、アレより大きな個体がいるなんて……」

「これは少し慎重にいかないとマズいわ」

オリガとシェイナさんはすでに戦闘態勢に入っている。

けれど、俺は彼女たちを置いて前に出た。

「ちょっ、フレッド！　何をやっているの⁉」

「あいつの相手は俺がやります。向こうもそのつもりでしょうし」

「はっ？　何を言って……」

そのとき、アシュラベアーがこちらに気づいて振り返った。最初は俺や背後のオリガたちにまとめて敵意を向けてきたけれど、何かを感じ取ったのか、その敵意が全て俺に向く。

「……やっぱり、昨日の奴のつがいだな」

そう言うと、アシュラベアーが重低音の唸り声を上げる。

基本的に魔物というのは、繁殖をしない。

邪神の呪いの力によって生み出されているから、生殖によって増える必要がないんだ。

けれど、一部の魔物は同種と協力することでより人間の脅威となる。

例えば群れを作って襲い掛かってくるゴブリンが代表的だ。

そして、動物型の魔物の中には、つがいを組んでいっしょに行動している奴が極まれに存在する。

本物の動物の真似をしているのか分からないけれど、厄介なのは事実だった。

「俺を探していたんだろう？」

魔物の前に立って声を上げる。するとアシュラベアーが、唸り声を上げながら睨みつけてきた。

どうやら俺に狙いを定めたようだ。それを見て腰を落とし、いつでも反応できるよう構える。

「フレッド！　本当にひとりでやる気なの!?」

後ろからオリガの声が聞こえたけれど、もう答えている余裕がない。全神経を目の前のアシュラベアーへ向けていた。そして、いよいよ戦いの火ぶたが切って落とされる。

「ッ！」

最初に仕掛けてきたのは向こうだった。

アシュラベアーが、三つの頭部からそれぞれ唸り声を上げげつつ突進してくる。

俺はそれに向かって手を掲げ、魔法を使う。

「一直線に来るなら、迎え撃つには絶好だ。『ファイアボール・バースト』！」

掲げた右手からオリガたちにも見せた火球が現れ、それが三連射される。

相手も火球に気づいたようだけれど、すでに勢いがついている突進は止められなかった。

とっさに体をひねったが、三発が三つある内の右側の頭部に着弾する。

一発なら耐えられたかもしれないが、三連続で着弾した火球はそのまま右の頭部を消し飛ばした。

「よしっ！」

衝撃と痛みでアシュラベアーがひるむが、闘争心は失っていないようで、すぐに立て直してきた。

「くっ、やっぱりすごいタフネスだな！」

昨日、つがいになる個体を倒したときにもそのタフさは実感していた。

普段から森を歩き回って体力には自信があるけれど、接近戦での立ち回りにそれほど自信があるわけじゃない。アシュラベアーの再度の突進を、死角が多くなった右側に移動することで避ける。

「でも、頑丈なだけならそれほど怖くはないね！」

方向転換してまた襲い掛かってくるアシュラベアー。

しかし、俺は素早く体勢を整えて、今度は地面に手をつけて魔法を放った。

「近づけさせはしないぞ！　『アースバインド』！」

俺とアシュラベアーの中間地点で、地面が持ち上がる。

盛り上がった土は形を変え、触手のように細長くなる。

そして、そこを通ったアシュラベアーの足へからみついて拘束する。この魔法は名前通り、地面そのものに拘束されているようなもので、いくら巨体でも簡単には脱出できない。

俺は拘束から逃れようとするアシュラベアーを冷静に見つめながら次の魔法を放つ。

「『ウィンドカッター・バースト』！」

再び三連射の魔法、今度は風でできた不可視の刃だ。

先ほどの火球よりも高速で飛び出したそれは、連続でアシュラベアーの左側の頭部を切り飛ばす。

一撃では効果が薄いから、連続で攻撃する必要があった。

「よし！　でも、まだだな……」

俺の目の前では、頭が残り一つとなっても拘束から逃れ立ち上がる魔物の姿があった。

この距離ならば突進して吹き飛ばすより、爪で引き裂いたほうが確実だと思ったんだろう。

アシュラベアーは起き上がると六本の腕とかぎ爪を振りかぶる。

しかし、その動きは精彩を欠いていた。

「やっぱり、頭が減ると動きが鈍くなるな！」

ブンブンと振り回される攻撃を難なく避けることが出来ている。元々三つの頭で考えて体を動かしていたんだから、それが一つになってしまえば過負荷がかかって動きが鈍るのは当然だ。

こうすることで動きを制限出来るということは、昨日の戦闘で学んでいた。

そして、攻撃のために二本足で立ち上がってしまえば素早い回避はできない。

「グアアァァアァッ！」

俺を細切れにしようと、雄たけびと共に豪爪を振るうアシュラベアー。

それに対して再び風刃の魔法を放ち、驚異だった腕を一本ずつ吹き飛ばしていく。

そうしてからトドメとして、俺は真正面から魔法を放った。

「これで終わりだ！　『アイスハンマー』！」

瞬時に作り出された氷の大槌が相手より一瞬早く、右から左へ振りぬかれる。

「グギィッ!?」

鈍い音とともに魔物が吹き飛び、背後にあった岩に頭から激突した。

五百キロは下らない物体が猛スピードでぶつかったからか、岩もひび割れてしまっている。

その衝撃で魔物も絶命したようで、辺りは一気に静まり返った。

驚異的なタフネスを誇るアシュラベアーでも、魔法攻撃と岩への激突という二重の衝撃を頭部に食らっては耐えられなかったようだ

「ふぅ……」

なんとか片付いたと額に浮き出た汗をぬぐうと、背後にいたオリガに声をかけられる。

「まさか、そんな……あの大型個体をひとりで倒しちゃったの!?」

彼女はどうやら目の前の光景が信じられないようだ。

呆然とした表情で歩み出てくると、俺を通り過ぎてアシュラベアーのほうへ向かう。

そして、奴が完全に沈黙していることを確認して振り返った。

「……確かに倒されているわ」

そう言うと、それまで黙っていたシェイナとリリーもそろって驚きの声を上げる。

「本当にひとりで倒しちゃったのね！」

「あわわわ……す、すごいです。あんなに大きな魔物を単独で討伐なんて、おとぎ話の英雄級ですよ！」

彼女たちは俺の近くに来ると口々に褒め称えてくる。

「い、いや……大したことじゃないよ。この森じゃ日常茶飯事だし」

興奮している様子の彼女たちを、そう言って落ち着かせようとする。

ただ、その言葉を聞いたオリガがこっちに近寄ってきた。

「ちょっと、今の言葉はどういうこと？」

何故か知らないが少し怒っているようだ。

興奮で少し顔が赤くなり、目つきの鋭さがより強くなっている。

「言った言葉のとおりだよ。あのくらいの魔物なら週に一体か二体くらいは出る。もう少し小型の魔物なら、ほとんど毎日のように狩っているよ」

「……な、なんですって!?」

しかし、俺の言葉は逆効果だったようだ。

オリガは一瞬驚いた後、俺をにらみつけてくる。

「あのクラスの魔物は、王国全体でも一年に一度出るか出ないかなのよ！　それを毎週狩っているなんて信じられないわ！」

うーん、またこのパターンか。

「そう言われても……」

実際に俺はそうしているのだから、困ってしまう。

だが、オリガにはなかなか受け入れてもらえない。

「あたしだって、このサイズの魔物はひとりじゃ倒していないのに！」

「あの、オリガ……」

段々と彼女の感情が荒ぶっていくのを見て、そろそろ止めなければと声をかける。

けれど、彼女は俺から視線を外して離れていってしまった。

「どうせこのアシュラベアーが見掛け倒しだっただけよ。あたしだって、ひとりで倒せるわ！」

「お、おい！　単独行動は危険だぞ！」

森の奥へ向かおうとする彼女に慌てて声をかける。

「ついてこないで！」

けれど、オリガは振り向くと突き放すようにそう言った。

「あたしが……魔法学校を首席で卒業したこのあたしが、田舎育ちの男魔法使いなんかに負けるものですか！」

そして、今度は止める間もなく森の奥のほうへ向かってしまった。

「ああ、くそっ……マズいな」

この森は、奥へ進むほど強力な魔物が出てくる。

俺の普段の仕事は、森から出てこようとする魔物を狩猟して人里に被害を出さないことだ。

つまり、森から出てこない魔物は基本的に放置される。

そして強い魔物ほど、森の奥に縄張りを持っている。

普通は人間が近寄る場所じゃないから、放っておいても問題はない。

けれど、万が一にも人間の存在を気取られてしまったら大変だ。

魔物は邪神によって人間への敵意を植えつけられているから、本能的に襲ってくる。

「でも……今はなぁ……」

俺が視線を動かすと、そこには巨大なアシュラベアーの死骸があった。

魔物の肉体は人間にとって毒物になる。

小さな個体ならそれほど問題はないけれど、これほど大型の個体は、ここに放置はできない。

そう考えていると横から声がかけられた。

「この魔物のことなら、私たちに任せても大丈夫よぉ」

「シェイナさん！　いいんですか？」

「ええ。それより、オリガのことを連れ戻してくれるかしら？　土地勘のない私たちではすぐ迷子になってしまいそうだわ」

どうやら彼女がここの片づけを引き受けてくれるようだ。

「ありがとうございます。じゃあお願いしますね！」

俺はそう声をかけると、オリガを追って森の奥へ向かう。

「むっ……けっこう速いな」

すぐ追いつくかと思ったけれど、なかなか姿が見えない。

けれど、彼女がどこへ向かっているかは簡単に分かった。

邪魔になった枝葉を退かすためにか魔法を使っているようで、ところどころで木々が凍りついている。それを目印にして、俺も奥へと向かっていった。

そして、数分ほど進むと前方で大きな音が聞こえる。

鳥類か、それに似た種類の魔物のようだ。

「もう戦いが始まっているのか！　間に合わなかった！」

焦った俺は服に枝が引っかかるのも構わず強引に前進する。

そして、数十秒で少し開けた場所へ出た。案の定、すでに戦いが始まっている。

「このっ！　叩き落してあげるわっ！」

向かい合っているのはオリガと、そして炎を身にまとった巨大な鳥だった。

「あれは、ガルダか！」

ガルダはこの森に存在する魔物の中でも、とくに強力な魔物だった。

直接的な戦闘力は同レベルの他の魔物に劣るが、身にまとう炎と圧倒的な機動力で上空から攻撃してくる。

空の魔物に対抗する手段を持っていないと、一方的に殺されてしまう相手だ。

「あたしの魔法を食らいなさい！　『アイスランス』！」

オリガは両手を掲げると、ガルダに向かって氷の槍を放つ。

彼女の魔法は洗練されていて、形成された氷は鋭い上に密度も高いように見えた。

けれど、ガルダはその攻撃をヒラリとかわしてしまう。

「くっ、さっきからすばしっこい！」

どうやら先ほどからオリガが一方的に魔法を放ち、それをガルダが回避している流れになっているようだ。

それを理解した俺は、このままではマズいと思った。

「オリガの魔力が切れたら、今度はガルダから襲い掛かってくるぞ」

魔物は、一見すると動物のように見える姿が多い。

けれど、強力な魔物になるほど知能がどんどん高まっていく。

ガルダが回避を続けているのも、オリガの魔法を脅威とみて、魔力切れを狙っているんだろう。

俺はすぐに、彼女のほうへ駆け寄っていった。

「オリガ！」

「なっ、フレッド、どうしてここに!?　いや、それよりも邪魔しないで！」

「馬鹿なことを言うんじゃない！」

「ッ！」

頑固に抵抗する彼女に、つい声を張り上げてしまった。

けれど、それは失敗だったようだ。

オリガはますます俺を睨みつけ、そしてガルダのほうへ駆け出してしまう。

「降りてきなさい！　お前なんて、魔法が当たりさえすれば一撃なのよっ！　『アイスダガー』！」

そう言うと、今度は短剣サイズの氷の刃を連射し始めた。

ランスでは避けられてしまうと学び、ダガーの連射力で弾幕を張ろうというのだろう。

確かにその考えは有効だった。

ガルダは氷の短剣を避けきれず、何本かが翼を直撃する。

「キエエエェェエエッ！」

「やったわ！　ははっ！」

鳥のように甲高い悲鳴を上げるガルダを見て、喜ぶオリガ。

しかし、ガルダは僅かにバランスを崩しただけで体勢を立て直した。

「オリガ！　危ないっ！」

「えっ？」

俺が駆け出して彼女の手を掴むのと、ガルダが身にまとう炎を強くして急降下してくるのは、ほとんど同時だった。

「きゃあっ！」

オリガの腕を引っ張って、いっしょに地面へ倒れ込む。

その直後、俺たちの真上をガルダの鋭いかぎ爪が通過した。

「ふぅ、危なかった……」

「えっ、なに……もしかしてあたし、助けられたの……？」

オリガは、一瞬のことで何が起こったかわかっていないようだった。

けれど俺の言葉を聞いて、自分の身に起こったことを察したらしい。

地面にはまだ、ガルダの体から飛び散った火の粉がくすぶっていたから、徐々に状況も把握してきたようだ。

「そのまま伏せていてくれ！」

しかし今は、オリガに構っている暇がない。

反転したガルダがまた襲い掛かってくる。

「相手が炎を身にまとっているなら……これだ！　『ウォーターボール』！」

俺が放ったのは、地面に置いたら膝の高さまであるだろう大きな水の塊だった。

これは火球などより大きいが動きが遅い。

このままでは俊敏なガルダには当たらないが……。

「そこだ！　広がれっ！」

水球がガルダの近くまで飛んでいったところで命令する。

すると、それまで球体だったものがまるでスライムのように薄く広がり始めた。

「ッ!?」

ガルダは驚いて方向転換しようとしたが、もう遅い。

変形した水魔法にからめとられ、そのまま地面へ落下する。

「これで終わりだ！　『ライトニングボルト』！」

そして、俺はトドメとして電撃魔法を放つ。

濡れた体に電撃を浴びたガルダはそのまま黒焦げになって沈黙した。

それを確認して、やっと一息つく。

「ふぅ……オリガ、怪我はない？」

振り返ってそう問いかけると、彼女は呆然としていた。

ここまできてもまだ、この現実が信じられないみたいだ。

「あたしが、あんなに苦戦していた魔物をこんなにあっさり……」

「相性がいい魔法を知っていただけだよ」

俺は前にもガルダと戦ったことがあるから、どういう戦法が有効か知っていた。

それに、オリガの戦い方だってすごい。最初こそ苦戦していたけれど、徐々に相手の特性を掴んで使う魔法を変えていた。

もう少し冷静だったなら、もっと早く有効な立ち回りができたかもしれない。

「とにかく、オリガが無事でよかった」

そうホッとしていると、オリガが地面に視線を落としているのに気づく。

「……もしかして、俺が手を出したことをまだ怒ってる?」

どうやら彼女はひとりで魔物と戦いたかったらしい。

だとしたら、横槍を入れた俺はとんだお邪魔虫だろう。

そう考えていると、ふと彼女の腕が傷ついているのが見えた。

どうやら俺が地面へ引き倒したときに擦りむいてしまったらしい。

「怪我しているじゃないか。すぐ消毒しないと!」

「えっ? だ、大丈夫よこんなの! 後でシェイナに回復してもらえば……」

「これからまた森を歩くんだ、傷口をそのままにはしておけないよ」

俺はそう言うと腰のポーチから水筒と清潔な布、そして包帯を取り出す。

傷口を洗った後は包帯を軽く巻けば完了だ。

「ほら、これでもう大丈夫だよ」

ただ、オリガは俺の手当てを邪魔するようなことはなかった。

自分の腕に巻かれた包帯を見て何か考えているようだ。

「……他人に手当てされたのなんて、子供のときお父様にされた以来だわ」

そうつぶやく彼女の声を聞いて、先ほどの怒気がいくらか和らいでいるのが分かった。

これなら大丈夫かと思って再び声をかける。

「オリガ、立てる？」

「大丈夫よこれくらい。ひとりで歩けるわ！」

「それなら良かった。俺はちょっと魔物を始末してくるよ」

そう言うと、その場に彼女を置いて墜落したガルダを魔法で地面に埋める。

それから、少し口数が少なくなったオリガと共に家へ帰り始めるのだった。

◆　◆

フレッドといっしょにガルダを討伐した後は、夜にならないうちに急いで家へ帰ることにした。

途中でシェイナたちとも合流し、四人でなんとか、日暮れまでには家へたどり着いた。

お風呂で汗を流した後は、それぞれの部屋へと戻っている。

慣れない森歩きで疲労していたし、さすがのフレッドもこれだけの人数で森へ入り、面倒を見ながら魔物と戦ったのは初めてだったようだ。

だからシェイナとリリーは早々に眠りについたが、自分はどうしても眠れずにいる。

ベッドで横になりながら、手元にある包帯を見つめる。

それは昼間、フレッドによって傷口に巻かれたもの。

肝心の傷口のほうは、合流してからシェイナの回復魔法によって見事に治療されている。

骨折ですら瞬く間に治してしまうシェイナにとって、かすり傷の治療など、片手間で出来ることだった。

「……昨日から信じられないことが続いて、少し油断していたのかもしれないわ」

確かにこの辺境に生息する魔物は、他の地域の魔物より強力だった。

アシュラベアーのつがいがいたことに加え、少し森の奥に踏み込んだだけでガルダまで出てきたのだ。ガルダもまた。アシュラベアーと同様に王国では珍しい魔物と言われている。

そんな強力な魔物たちを、一気に三体も目撃したのだ。

この森が他と違うということは、受け入れざるを得なかった。

だからこそ、目の前でフレッドの活躍を見てプライドを刺激され、功を焦ってしまったのだ。

「あたしとしたことが、仲間の前で冷静さを失うなんて……」

シェイナたちは気にしないと言ったが、これは大きな反省点だった。

なにしろ、もし自分たちだけで森の奥に入っていたら、全滅していた可能性もあるのだ。

自分の失敗を受け入れ、次に活かさないといけない。

そして、男の魔法使いであるフレッドのことも……。

自分より弱い者を見下してしまう悪癖は自覚しているが、幸いにも失敗から学ぶ謙虚さもまだ残っていた。

「そうよ、ここは謙虚にならないと。うっ、でも……あんな男……」

脳裏によぎるのは、自分の手当てをするフレッドの姿。

彼のことを考えていると、心の中から焦りが少しずつ消えていく。

「……ふぅ。命を救われて、手当までしてもらって、このまま何もしない訳にはいかないわよね」

フレッドの世話になってばかりだという今の状況は、我慢出来なかった。

「とはいえ、お金を渡しても喜びそうにはないし、面と向かって感謝するのも恥ずかしいし……」

結局、頭の中に残ったのは、一つの方法だった。

「……ま、まあ、もともとそのつもりだったんだし、少しくらい早まってもいいわよね」

顔が火照ってきたのを自覚しつつ、ベッドから起き上がる。

そして寝室を出ると、フレッドの部屋へと向かうのだった。

◆　◆

ふと、寝室の扉が開く音で目が覚めた。

「ん……なんだ……？」

目を覚ますと、目の前にはオリガの姿があった。

「オリガ……？」

「ッ！」

体を起こして問いかけると、彼女も驚いたのかビクッと震える。

「ま、まだ起きてたの？」

「いや、寝てたよ。ここ数年はひとり暮らしだったから、物音に敏感になってるんだ」

そう言うと彼女も納得したように頷く。

「そうだったのね」

「それで……こんな時間にどうしたんだ？　何か必要なものでもあった？」

客人の世話にどこか至らないところがあっただろうかと思い、問いかける。

けれど俺の予想と違い、彼女は首を横に振った。

「そうじゃないわ。あなたに用があったの」

「俺に？」

予想外の言葉にそう聞き返してしまう。

オリガは三人の中で、あまり俺に友好的じゃないほうだと思っていたからだ。

その彼女が俺と話したいだなんて、予想していなかった。

「それならとりあえず机に……」

いつまでもベッドの上にいてはいけないだろうと思い、立ち上がろうとする。

けれど、オリガは俺の肩に手を伸ばすと押さえ、立ち上がるのを阻止した。

「そのままでいいわ。ベッドのほうが都合がいいから」

「はっ？　都合がいい？」

いったいどういうことだろうか。

一瞬混乱してしまったが、すぐその意味を思い知らされることになる。

オリガはちょっとだけ躊躇した後で、意を決したように口を開く。

「フレッド、昨日あたしが言ったことを覚えているかしら？」

「昨日って……あっ！」

昨日の話……そして、ベッドのほうが都合がいいという状況。

それに合致する内容は、一つしか思いつかなかった。

「ま、まさか……」

オリガのほうを見ると、彼女は顔を赤くしながらも、いたずらが成功したような笑みを浮かべていた。

「ええ、そうよ。これからあなたとセックスするわ」

「い、いや！　ちょっと待ってくれ！」

俺は慌てて制止しようとする。だって、いきなり現れて、子作りするだなんてあんまりだ。

「こういうことは、もっとお互いのことを知って納得してから……」

「……言っておくけれど、ただセックスするだけで、本気で子作りするわけではないわよ？」

「えっ、それはどういうことなんだ？」

確かにオリガたちは、俺と子作りしたいと言っていた。

言い出しっぺの彼女が、意見を変えたということか？

「勘違いしないでほしいのだけど、いずれは子作りするつもりよ。でも、今日はセックスしても妊娠する時期じゃないわ」

「じゃあ、どうしてなんだ？」

「それは……」

彼女はそこで、一旦言葉を切る。そして、少し恥ずかしそうに視線をそらしながら続けた。

「……今日、助けてもらった借りを返すためよ」

借りというのは、ガルダと戦ったときのことだろうか。

確かに、あのときは危なく見えたので咄嗟に助けてしまった。

プライドの高いオリガのことだから、俺に手を出されて迷惑だと思っているんじゃないかと考えていたけれど、どうやら少し違うようだ。

「あれは俺が勝手にやったことだから、借りなんて……」

「あなたはそうかもしれないけれど、あたしは違うのよ」

そう言うと、オリガは俺の肩を押してそのままベッドへ押し倒してくる。

「うわっ！」

突然のことに抵抗できずそのまま倒れてしまい、彼女が腰に跨《また》がってくる。

「戦いが終わって、冷静になったらよく分ったわ。あのとき、フレッドに助けられていなかったら大けがを負うか、下手をすれば死んでいた」

オリガの表情が悔しそうに歪む。

戦闘には自信を持っていたのに、俺が目の前で想像よりずっと簡単に魔物を倒したから、プライドが傷つけられたんだろう。

そして、その悔しさが暴走したことで、俺に借りを作ったという発想に繋がってしまったようだ。

今の彼女は、その清算をしようとしているんだろう。

「いいから、フレッドは黙って寝ていればいいのよ！」

「そう言われても……」

これから、こんな美人とセックスしようというのだ。

さすがに案山子《かかし》のように黙っていろと言われても、難しい。

「それに、オリガのほうこそ大丈夫なのか？　あまり、こういうことに慣れていないようだけど」

「なっ……だ、大丈夫よっ！　魔法学院の首席を舐めないでよね！」

「魔法の勉強とセックスじゃ、かなり違うと思うけどなぁ」

この時点で俺はもう、冷静さをかなり取り戻していた。

目の前に自分より興奮している人間がいたほうが、落ちつく気になるからだ。

俺の言葉にぐぬっと唸ったあと、反対に彼女から問いかけてくる。

「じゃ、じゃあフレッドのほうはどうなのよ！」

「俺？　俺は、まあ、それほど経験豊富じゃないけど……多少は」

「えっ……」

予想外の答えだったのか、オリガが固まる。

「田舎は都会より娯楽が少ないから、性におおらかなんだよ。俺は普段こうして村から離れた家にいるから、めったに機会はないけど」

「うっ……そ、そう……」

さすがの彼女も言い返す言葉が見つからなかったようだ。でも、ここで諦める相手ではない。

「けど、あたしだってそれなりに知識は持ってるんだから！」

オリガは吹っ切れたのか、俺のズボンのベルトに手をかけてくる。

「お、おいっ！」

「フレッドは動かないで、脱がせにくいわ！」

「そう言われても……うおっ！」

それから彼女は、やや強引にズボンを脱がしてしまった。

もちろん下着もいっしょで、俺の肉棒が彼女の視線に晒される。

「ッ！　こ、これが……」

俺のものを見て目を丸くするオリガ。やはりこういうことをするのは、初めてのようだ。

川辺で一度見られてしまった気もするけど、ここまでしっかりと見るのは初体験なのだろう。

「なあオリガ、やっぱり止めておいたほうが……」

「大丈夫よ、上手くやって見せるんだから」

やんわりと止めようとしたけれど、彼女の意志は固いようだ。

そして、少し躊躇《ちゅうちょ》しながらも手を動かして肉棒に触れる。

「わっ……」

まだ直にではなく薄手の手袋越しだけれど、彼女は俺のものをしっかりと掴んでいた。

「お願いだから、優しく頼むよ」

「大丈夫よ、握りつぶしたりなんかしないわ。これでも毎日剣を握っているんだもの。それに、あなたのは替えが効かないんだから」

「そうか、良かった。……うっ」

慣れていないオリガのことだから、手で握りつぶされてしまうんじゃないかと不安があった。けれど、予想外にも彼女の手つきは優しい。

魔法使いであるのと同時に剣士でもあるから、棒状のものを握るのには慣れているんだろう。

「意外と柔らかいわね。これが中に入るの？」

「まだ興奮していないからだよ。もっと硬くなってからじゃないと」

「むっ、なんでまだ興奮していないの？　あたしじゃ興奮出来ない？」

「いや、そういう問題じゃなくてね……」

オリガは美人だし魅力的だけど、さすがに展開が急すぎて反応が追いついていない。

「どうすれば興奮できるの？」

「ええと……」

オリガの目は真剣だった。一度決めた以上は、必ずやり遂げるという意思を感じる。

それを見た俺は止めさせるのを諦め、素直に協力することにした。

「分かった。じゃあ、オリガのほうも脱いでもらえるかな？」

「はぁっ!?」

「そのほうが興奮できる」

「うぐっ……絶対でしょうね？　嘘だったら承知しないわよ！」

そう言いつつも、彼女は自分の服に手をかけた。

元からかなり露出度が多い服装だから、はだけるのも楽なようだ。

「……これでいい？」

「おぉ……すごい……」

ある程度分かっていたけれ、オリガのスタイルは抜群だった。

真っ白でシミ一つない肌は、まるで降り積もったばかりの新雪のよう。

そして胸は俺が今まで見たことがないボリュームで、思わず視線を吸い寄せられる。

恥ずかしいからか全裸にはなっていないけれど、もう十分すぎた。

「わっ！　ほ、本当に硬くなってきてるわ」

オリガの下で肉棒がムクムクと大きくなっていく。

「これを、あたしの中に入れるのね」

「そうだね。でも、オリガのほうは大丈夫なの？」

見たところ彼女の体が準備できているとは思えない。

男のほうは勃起してしまえばそれでいいけれど、女性はそう簡単ではないはずだ。

そう思っていると、彼女は腰の後ろにあるポーチを外して中から何かを取り出す。

どうやら液体が入った小瓶のようだ。

「それは？」

「回復効果のあるジェルよ。これを使えば……」

オリガは瓶からジェルを取り出すと手に取り、下着をずらして秘部へ塗りつける。

「んっ、冷たい……」

「大丈夫？」

「平気よこれくらい！　それより、もう準備出来たわ」

「本当に大丈夫かな……」

少し心配になりつつも、オリガを止めることはできない。彼女もいよいよ覚悟を決めたようで、腰を浮かして肉棒を手に取ると、先端を秘部に押し当てた。

「熱っ……い、いくわよっ！」

「ああ。くっ……！」

意を決してオリガが腰を下ろす。そして、肉棒は狭い膣内へズブズブと押し入っていった。

「あぐぅうっ！　あっ、ひゃっ……んぎっ！」

「うっ、狭いっ！」

やはりというかオリガの膣内はかなり狭く、まだ奥のほうは濡れていない。

この状況では全て挿入するのは無理で、中ほどまでで止まってしまう。

それでも、結合部からは破瓜の証である赤いものが見えた。

「うぐっ……はぁっ、はぁっ……」

オリガの息は荒くなっていて、視線も下に向いていた。

「すごくキツいよ。大丈夫？」

「ええ、これくらい……んんっ！」

オリガは大丈夫だと言っているけれど、やはりキツそうだ。

「少し休憩したほうがいいんじゃないかな」

思わずそう言ってしまうけれど、彼女は首を横に振った。

「大丈夫って言ってるでしょう！」

そして、そのままゆっくりと腰を動かし始める。

「んぐっ……このあたしが、借りを作ったままなんて認めないんだからっ！　キチンと最後までやって、フレッドも満足させてあげる！」

「そんなに無理しなくても……うぐっ！」

オリガが腰を動かして、無理やり肉棒を奥まで挿入した。

やはり愛液がまだ足らないのか、僅かに中で引っかかる感じがする。

けれど、ギュウギュウと一生懸命な締めつけは気持ちよかった。

準備不足なのにこれだけの快感を与えられるなんて、間違いなく名器だ。

「あたしがすると決めたらするのよっ！　フレッドはそのまま横になっていればいいんだから！」

オリガは俺の胸に手を置いて動きを制限し、自分で腰を動かし始める。

最初はかなりゆっくりした動きだった。

けれど、少し慣れてきたのか徐々にスピードが上がってくる。

「あうっ、くぅっ……んっ、中から広げられちゃう……ひぅっ、はぁぁっ！」

まだ若干苦しそうにしながらも気丈に腰を振る姿は、とても美しく見えた。

「オリガ、すごいよ。始めてなのにここまで出来るなんて」

出来るだけ彼女を邪魔しないよう、ジッとしながら顔を見上げる。

すると、オリガは見つめられているのに気付いたようで顔を赤くした。

「ッ！　あんまり見られると恥ずかしいんだけど……」

「でも、今のオリガはすごく綺麗だよ」

「なっ……!?」

俺の言葉を聞いて、目を丸くする。

「そんな、お世辞を言ったくらいで絆《ほだ》されたりなんか……」

「お世辞なんかじゃないよ。それに、体が慣れてきたからか動きもエッチになってるし」

最初こそ体が追いついていなかったけれど、今はしっかり快感を得ているようだ。

奥からどんどん愛液が湧いてくるし、締めつけも複雑になってきている。

そして、オリガの声にも若干、艶っぽいものが増えていた。

「んっ、あたしはそんなにいやらしくないわっ！」

「どうかな、すごく魅力的に見えるよ」

新雪のように白かった肌が、興奮で薄く色づいている。

胸元や額には、わずかに汗が浮き出ているのも見えた。

それに何より、それまで強張っていた表情が少しずつ蕩けてきているのが分かる。

「自分では分かってないみたいだけど、すごくエッチな顔になってるよ」

「エッチなって……そんな……あぅ、でもっ……んぁ！」

彼女は会話の最中も真面目に腰を動かしていた。

おかげで快感が溜まっていき、口から嬌声が漏れ出している。

「あぅっ……だめ、どんどん声が出ちゃうっ……！」

彼女も自分の口から漏れる声に、ようやく気付いたようだ。

恥ずかしそうに頬を赤くして口を閉じるけれど、それだけでは抑えられない。

「はぐ、んぅっ……はぁ、はぁっ……あぁぁっ！」

そして、とうとう我慢できなくなったのか大きな声を上げてしまった。

そうして俺に恥ずかしい姿を見られても、彼女は、まだ動きを止めずにいる。

ぢゅんっ♥
ぢゅろっ♥
ぞくっ
ぞくっ
ぞくっ
ぞくっ
ぞくっ
ぢゅぷっ♥
ぢゅぽっ♥
ぢゅぽっ♥

その一生懸命な姿を見て、俺の興奮も増してきた。

「ひゃっ！　んっ、あぁっ！　だめっ、体が熱くなって止まらないのっ！」

やがてオリガの口から、特に大きな嬌声が上がった。

すでに快楽を感じすぎているのか、全身がゾクゾクと震えている。

足腰も震えてしまって、少しピストンが遅くなっているくらいだ。

「オリガ、俺もだっ！」

彼女の一生懸命な奉仕を受けて、俺の欲求も限界に達している。

「はぁ、はぁっ……このまま、いっしょにイキなさいよっ！」

最後の意地を通そうとしているのか、また腰の動きが激しくなる。

その刺激で、俺の我慢も限界にきてしまった。

「あぐっ……オリガ、イクぞっ！」

「イって！　そのままっ、中でっ！　んあっ、あたしもイクッ！」

もう取り繕う余裕もなくて、互いに興奮した気持ちをぶつけ合う。

そして俺たちは見つめ合いながら、いっしょに絶頂まで駆け上がった。

「ぐぁ……ッ!!」

「ひっ、あああっ、ひゃうううぅぅぅうぅうっ！　イックウゥゥウウゥゥッ!!」

肉棒の先端から精液が吹き上がった直後、オリガの全身が震えた。

絶頂の快感に目を見開き、反対に膣内はギュウッと締めつける。

その刺激でさらに精液が搾り取られ、オリガの奥の奥まで染み込んでいった。

やがて、ともに絶頂の快楽から抜け出した俺たちは視線を合わせる。

「はぁ……ふぅっ……ほら、ちゃんとできたでしょう？」

「ああ、オリガの言う通りだったよ」

「ふふっ。でも、さすがにちょっと疲れたわ……」

そう言うと、彼女はそのまま俺の体の上に倒れ込んでしまう。

「うぉっと」

とっさに抱きとめることに成功したものの、オリガの体には、ほとんど力が入っていないことに気づく。どうやら本当に限界だったらしい。

「ん、はぅ……もしイタズラしたら、承知しないんだからね……ふぅ……」

最後にそう言うと、疲れが限界に達したのか寝入ってしまう。

俺はオリガをしっかり抱き締めながら、これからどうしようか頭を悩ませた。半裸の彼女をこのままにしておけない。

けれど服を着せるにも、彼女の寝室へと運ぶにも、俺自身疲れてしまっている。

「……仕方ない、今夜はここで寝てもらおうかな」

オリガの体が落ちないようベッドの隣に移動させ、その体に毛布をかける。

そして、彼女規則正しい寝息を聞きながら俺も眠りにつくのだった。

第二章　考える魔法使いたち

翌日、俺は普段通りの時間に起きて朝食の支度をしていた。

いつもはひとり分で済むけれど、今日は四人分なので少し手間がかかる。

ちなにみ、朝起きたときにはもう、オリガはベッドから消えていた。

朝食を作り終えると、それぞれお皿に盛りつけてテーブルへ運ぶ。

「はい、朝ご飯ができたよ」

テーブルにはすでに、シェイナさんとリリーがついていた。

「まあ、朝なのになかなか豪華ね」

シェイナさんが少し驚いたようにお皿を見る。

目玉焼きにソーセージ、それに豆の煮物と野菜の入ったスープ。

もちろんテーブルの中央には、たくさんのパンが入ったカゴがある。

確かに、朝から食べるには少し多いかもしれないけれど……。

「昨日はたくさん動きましたから、栄養を補給してもらおうと思ったんですよ」

「なるほど。確かに、忙しくて簡単な食事しかとれていないものね」

彼女が納得したようにうなずく。

一方、リリーは待ちきれなさそうに目を輝かせていた。

「うわぁ！　どれも美味しそうですね！」

「ありがとう。ひとり暮らしをしているとどんどん料理が粗末になっちゃうから、出来るだけちゃんとしたものを作れるよう勉強してるんだよ。お客さんが来ることもあるしね」

そんな話をしていると部屋の扉が開く。中に入ってきたのは、もちろんオリガだった。

「おはようオリガ、また朝から剣の練習かしら？」

「そうよ、休むと鈍ってしまうもの。それに……」

彼女はそこでようやく、少しだけ俺に視線を向ける。

「少し雑念を振り払いたかったの」

「ふぅん、なるほど。昨日は森で、少し失敗しちゃったものね」

「あんなこと思い出さなくていいのよシェイナ！」

「ふふ、ごめんなさいねぇ」

それから、俺たちはいっしょのテーブルについて食事を始めた。

最初は各々食べるのに夢中になっていたけれど、少しすると会話するようになる。

「それで、今日はどうするのリーダー？」

シェイナさんがオリガに問いかけた。

「さすがに今日は森に行く用事はないわ。まだ疲れが取れていないし、ギルドにも連絡を入れないといけないもの」

「ギルドに……」

その言葉に反応して、俺は思わずそうつぶやいてしまう。

すると、オリガが俺のほうを見て小さく笑った。

「安心しなさい、あなたのことは報告しないわ。性別のことはあえて伝えずに、現地の魔法使いに協力してもらったことにするつもりよ」

「確かに、それなら嘘をついている訳でもないから大丈夫ね。まさかギルドも、男の魔法使いがいるとは思わないでしょうしねぇ、ふふっ」

彼女の言葉にシェイナさんも頷く。

そして、今度はふたりの会話を聞いていたリリーが口を開く。

「じゃあ、もうしばらくここに滞在するってことでしょうか？」

「そうね、まだこの森について知らないことが多すぎるわ。こんなに強力な魔物がいる森のことを放っておけないもの」

どうやらオリガは、ここに留まって森の調査を続けるつもりらしい。

「という訳で、フレッド」

「なんだ？」

「あたしたちをもうしばらくここへ置いてほしいのだけど、いいかしら？」

その問いに俺は迷うことなく頷いた。

「ああ、もちろんだよ！　いくらでもいてくれて大丈夫さ。ここにはめったに客人が来ないからね」

何年もひとりで暮らしていると、孤独にも慣れてくる。

けれど、本能的な寂しさは感じてしまっていた。

彼女たちがいればにぎやかになるし、都会の魔法について聞きたいこともある。

「その代わりと言ってはなんだけど、外の魔法のことについて、いくつか教えてくれないかな？」

「あたしたちの魔法を？　……まあいいわ。あたしもフレッドが使っている魔法に興味があるもの」

「良かった。じゃあ、よろしく頼むよ」

こうしてオリガたちは、もうしばらくこの家に留まることが決まった。

久しぶりに賑やかになることは素直に喜ばしい。ただ、少し不安に思う点がいくつかあった。

朝食の後、俺は台所で洗い物しながらひとりで考える。

「俺のことを報告するかどうかについては信じて大丈夫だろう。オリガは一度言ったことは曲げないだろうし」

最大の不安については、ある程度解消されている。

まだそれほど長い時間をいっしょに過ごしたわけではないけれど、オリガの性格がだいたい分かってきたからだ。彼女なら、俺の言ったことを改変したり、秘密裏にギルドへ報告したりしない。

シェイナさんやリリーもリーダーを信頼しているようだし、その方面で不安はない。

けれど、もう一つの問題については解消されていなかった。

「……昨日のこと、夢じゃないよなぁ」

朝起きてベッドを見てみれば、しっかり行為の跡が残っていた。

オリガとセックスしてしまったことは現実だ。

しかも、彼女の純潔を奪ってしまった証まであったので頭が痛くなる。

「向こうが望んだこととはいえ、流れに身を任せちゃったのは良くないよな」

彼女は大丈夫な日だと言っていたけれど、子供が出来てしまう可能性はゼロじゃない。

その辺りをよく考えずに行為に及んでしまったことを反省する。

しかし、あれでオリガが俺と本気で子作りを考えているのは分かった。

正直、初めて聞いたときは冗談だと思っていたんだ。

けれど、オリガが俺に純潔まで捧げてセックスしたことで、認識を改めさせられた。

オリガの場合はたしかに、借りを返すという意味もあっただろう。プライドの高い性格だし。

けれど、その方法としてセックスを考えるほどには、子作りについて真剣だったということだ。

「後は、同じく子作りのことを言っていたシェイナさんや、リリーがどうするつもりなのかだ……」

まあ、リリーに関しては、それほど心配していない。

彼女はあまり子作りに関して、名言していなかったし。

一応考慮しておくに越したことはないけれど、オリガほど積極的じゃないだろう。

問題はシェイナさんのほうだ。

「話を思い出す限り、彼女はオリガより積極的そうなんだよな」

シェイナさんは、魔女ギルドの自分に対する扱いに不満を抱いていた。

そうなると、単純にギルドから脱退して、引退してしまうという選択肢がある。

俺の存在が知られていなかったように、ここはギルドから離れてひっそりと暮らすには最適だ。

手っ取り早くここで暮らす方法としては、俺と既成事実を作ることは有効に思えた。

そんなことを考えているとき、キッチンの扉が開いて誰かが入ってくる。

振り返って見ると、シェイナさんだった。

「どうかしましたか？」

「少し喉が渇いちゃったのよ。お水をもらえるかしらぁ？」

「ええ、もちろんです。こちらをどうぞ」

洗い場の横にある飲料水用の瓶から、コップに水を注いで渡す。

「ありがとうフレッドくん。んくっ……はぁ、冷たくておいしいわ」

「毎朝、深くまで掘った井戸からくみ上げてますからね。新鮮でおいしいですよ」

この家では飲料水は地下水で、その他は近くを流れる小川の上流から水道を引いている。

もちろん、普通の場合ひとりじゃこれだけの設備を維持できない。魔法あっての設備だ。

「いつでも綺麗な水が飲めるのはいいわねぇ。王都は賑やかで物も豊富だけど、ここまで自由には水が使えないもの」

「確かに、人がたくさんいると水の確保も大変そうですね」

田舎は加工品なんかがなかなか手に入らない不便さはあるけれど、自然の資源は豊かだ。

そういう部分では、都会と田舎は一長一短なのかもしれない。

「そう言えば、昨日シャワーを借りたときに浴槽があるのを見たけど、あれも使えるのかしら？」

「ええ、魔法でお湯を沸かせばいつでも入れますよ。魔法使いの特権ですね」

両親がお風呂好きだったのもあってか、この家にはシャワーだけでなく浴槽も備わっている。

大の大人が手足を伸ばしても十分な広さがあって、ひそかな自慢だった。

「まあ、素敵ねぇ！　ますますここが気に入っちゃいそうだわ！」

俺の話を聞いてニコニコと笑みを浮かべるシェイナさん。

「じゃあ早速、今日の夜にでも沸かしますよ」

「ありがとうフレッドくん。うふふっ、楽しみにしているわねぇ」

そう言うと、彼女は手に持っていたカップを俺に返してくる。

それを受け取ろうと手を伸ばしたそのとき、空いていたもう一方の手が伸びてきて俺の腕を掴む。

「えっ？」

突然のことに驚いて声を出してしまう。

とっさに彼女の顔を見ると、先ほどまでニコニコしていた目が細まって真剣さを増している。

「ところでフレッドくん、少し真面目な話をしていいかしら？」

「は、はい。どうしたんですか？」

彼女は俺の手を握ったまま言葉を続ける。

「昨日の夜、オリガがフレッドくんの部屋を訪ねたでしょう」

予想外の言葉をかけられて、一瞬俺の心臓がドクンと大きく鼓動した。

「……そんなことがあったんですか？」

そしてとっさに誤魔化すような言葉を口走ってしまう。

「ふふ、嘘を言ってもだめですよ。ちゃんと分かっているもの」

けれど、シェイナさんはすぐ俺の嘘を見破ってしまった。

「分かってるって……。もしかして、魔法を使って監視でもしていたんですか？　そんなはずはないですけど……」

仮にもここは俺の家だ。もし家の中で他人が魔法を使ったら必ず分かる。

「魔法なんて使わなくても、足音がしたり、扉が開閉する振動だって響くわ」

「えっ、そんなわずかな音を!?」

客室の中にいれば、普通は聞こえないはずだ。壁は十分に厚い。

信じられないという表情をしていると、シェイナさんが薄く笑う。

「オリガより長くギルドの仕事をしているから、それなりに色々な経験をしているのよぉ。部屋の扉を少しだけ開けておけば、外の音もだいたい聞こえるの。まあ、ちょっとした用心ね」

「なるほど……」

俺はシェイナさんのことを、三人の中でも一番のんびりした性格だと思っていた。

その考えはおおむね当たっていたけれど、それが全てでもなかったようだ。魔法使いとしての経歴が長いだけに、のんびりしているように見えても意外と油断していない。

「さすがに、オリガが部屋の中に入ってから何をしているかは聞こえていなかったけれどねぇ」

「そ、そうですか」

その言葉に安心してホッとしてしまう。

俺もオリガも成人しているから、合意の上でのセックスは問題ない。

けれど、それを知り合いに聞かれていたとなると、さすがに恥ずかしいからだ。

「……でも、中で何をしていたかは想像できるわよ？」

しかし、その安心もシェイナさんの一言でぶち壊されてしまった。

「オリガは男の子に一方的に助けられて、黙っている娘じゃないもの」

「あー、その……」

俺は彼女に対して、これ以上隠し立てできないと悟る。

けれど、なかなか自分からセックスしたとは言い出せなかった。

そんな俺に、シェイナさんは顔を近づけてきて囁く。

「フレッドくんが言わないなら私が当ててあげるわ。昨日、オリガとエッチしたんでしょう？」

「…………しました」

さすがにここまで言われて、誤魔化すことはできない。

俺が頷くと彼女は満足そうな笑みを浮かべていた。

「ふふっ、やっぱりしちゃったのねぇ」

「改めて言われると、ちょっと恥ずかしいですね……」

なんだか顔も赤くなってしまっているような気がする。

シェイナさんが年上だからだろうか。

俺がよく交流している村には、同年代や少し年上の人間が少ない。

以前に病気が流行ったとき、体力の少ない子供から死んでしまったからだ。

おかげで、俺が主に接するのは大人か、ずっと年下の子供たちだった。だからこうして年上のお姉さんと話をする経験がなく、無意識のうちに緊張してしまっているのかもしれない。

「私はオリガが自分で決めたことなら、何も言うつもりはないわ」

その言葉を聞いて少し安心する。

万が一、俺がオリガをたぶらかしていると思われたら困るからだ。

ただ、安心したのもつかの間、シェイナさんがぐっと正面から顔を近づけてくる。

「うふふっ、少しフレッドくんに付き合ってほしいことがあるのよ」

「ッ！　な、なんですか……？」

「そう身構えなくてもいいわ。オリガとのことを盾に脅そうってわけじゃないのよ」

そう言いつつ彼女は俺の腕を引いた。

いきなり引っ張られた俺は、手に持っていたコップをなんとかシンクに置く。

そして、そのままキッチンの扉をくぐって廊下へ出た。

「ちょ、ちょっと！　いきなりどうしたんですか？」

「ここじゃ安心できないから、私の部屋へ行きましょう？　秘密のことなの」

「それを先に言ってくださいよ。驚きました」

「ふふっ、ごめんなさいね。玄関の扉が開く音がしたから」

「えっ……」

そう言われて耳を澄ましてみると、確かに廊下を歩く音がする。

ただ、幸いこちらに向かってきてはいないようだ。

「オリガは部屋でギルドへの報告書を書いているから、リリーかしらね」

「あのふたりにも知らせたくないことなんですか？」

「私にも少しは恥じらいってものがあるもの」

「……？」

シェイナさんはそう言いながらクスッと笑う。

それから俺たちは、シェイナさんが使っている部屋へと移動する。

咄嗟には彼女の言葉の意味が分からなかったけれど、すぐに理解することとなった。

中に入ると彼女は、扉の鍵を閉めてしまう。

「フレッドくんはベッドに座ってくれるかしら」

「分かりました」

言われたとおりベッドへ腰掛けると、シェイナさんもやってきて隣に座る。

すぐ隣にいるから、ほとんど密着するような形だ。

何もせずとも足や肩が触れてしまい、ドキッとする。

このままでいると冷静さが失われてしまうと思い、俺から話しかけた。

「それで、秘密の話っていうのはなんですか？」

すると、シェイナさんは俺の目を見て柔らかい笑みを浮かべる。

「うふふっ、それはねぇ……」

彼女の体が徐々に俺のほうへ寄ってくる。

そして、もう完全に体がくっついてしまったところで耳元に囁かれた。

「フレッドくんに、私ともエッチしてほしいのよ」

「なっ……!?」

俺は驚きで体が跳ねそうになってしまう。

けれどそれは、シェイナさんが俺の肩に手を回したことで物理的に押さえ込まれる。

気づけば、もう片方の手はすでに俺の太ももに置かれている。

肩も足も押さえられて、これでは立ち上がれない。

遅まきながら、自分がシェイナさんに拘束されていることに気づいた。

「……シェイナさん、俺にしてほしいって……オリガと同じことをですか？」

彼女から逃れられないと悟った俺は開き直ることにした。

もうここまで来たら、シェイナさんと正面から向き合うしかない。

そして、俺の問いかけに彼女はしっかりと頷いた。

「ええ、そのとおりよ。私もフレッドくんと赤ちゃんが作りたいって言ったでしょう？」

表情はにこやかに笑っているけれど、体を抑える手には意外と力が籠っている。

「本気ですか？」

「もちろんよ。私は今の生活にあまり満足していないの」

シェイナさんの表情は変わらない。どうやら俺が思っている以上に本気のようだ。

「正直、オリガが先にフレッドくんとエッチしちゃったと分かったときには頭を抱えたわ。まさか、他のふたりに先を越されるとは思わなかったもの」

「それには同意しますよ。すごく驚きました」

確かに三人の中で真っ先に行動を起こしそうなのは、シェイナさんだった。リリーは言わずもがなで、オリガも男の魔法使いというものにあまり良い印象を持っていないようだったから。

しかし、最初に行動したのはオリガだった。

シェイナさんからすれば、出し抜かれたと感じたことだろう。

「だから、今度は私とエッチしてほしいの。フレッドくんは嫌かしら？」

「それは……」

俺が答えようとすると、シェイナさんがさらに体を寄せてきた。特にその、大きな胸を。

オリガもかなり大きかったけれど、シェイナさんのものは別格だ。

両手で抱えないとこぼれてしまいそうなサイズのそれが腕に押しつけられる。

「うっ……」

暴力的な柔らかさに一瞬めまいがしそうになった。

ただでさえ男とは違う女性の体の柔らかさを味わわされているのに、簡単にそれ以上の感触が襲い掛かってくるんだ。

いくら冷静でいようとしても無理だった。

全身の血が熱くなり、そのまま下半身へ集まっていってしまう。

「うふふっ、だんだんここが硬くなってきたみたいねぇ」

シェイナさんの視線が下に向けられた。

もちろんその先にあるのは、ズボンの股間部分だろう。

硬くなった肉棒が、ズボンを押し上げていくのが自分でも分かる。

「フレッドくん、こっちを向いて」

言われてそちらを向くと目の前にシェイナさんの顔があり、そのまま唇を奪われてしまう。

「んむっ!?」

「ちゅっ、ちゅっ……あむぅ……ちゅる、れろぉっ……!」

最初はゆっくりと唇を押しつけられ、キスしていることを実感させられる。

そして次には、唇を舐めるようにして求められた。

その淫靡な舌遣いに、まだ口づけしかしていないのに全身へ気持ちよさが広がっていく。

「ん、ふぅっ……シェイナさんっ!」

「うふふっ……もっとエッチなキスをしましょう?」

彼女は僅かに笑ってからまたキスを続行する。今度は俺の口の中に舌を割り込ませてきた。

「むちゅ、れろぉっ……ほら、フレッドくんも舐めて?」

「は、はい」

互いの舌を絡ませながらキスする。

彼女の唾液と自分のものが混ざって、より深くまで体が交わっていくような感覚がした。

もうキスだけでかなり興奮してしまっている。肉棒はさっきからギンギンに勃起していた。

「んちゅっ、はむっ！　ほらぁ、今度は私の体も触っていいのよ」

キスしながらシェイナさんは俺の手を取る。

そして、自分の胸元へと誘導していった。

「うわぁっ……」

初めて触れたシェイナさんの爆乳は想像以上のボリュームだった。

いくら手が大きくとも、片手では絶対に持て余してしまうサイズ。

服の上からでも柔らかさと圧倒的な肉感を味わえてしまう。

気づくと夢中で胸を揉みしだいてしまっていた。

「もう、胸ばかり弄っちゃって……」

「すみません、つい」

まるで子供に言うように優しく叱られてしまう。

「でも、シェイナさんの胸が気持ちよくて手が離れないんですよ。本当にすごいっ！」

ここまで大きな爆乳に触れるのは始めてだった。

昨夜オリガとしたときは彼女が主導権を握っていて、あまり俺が動く余地がなかったから。

「喜んでもらえて嬉しいわ。でも、そろそろ私も気持ちよくしてもらいたいなぁ……」

その言葉と共に、俺の足に置かれていたシェイナさんの手が動く。

太もものほうへ移動して、そこから肉棒へズボン越しに愛撫し始めた。

「うぉっ」

彼女が触れるとすぐに、下半身から快感が頭まで駆け上がってきた。

「すごく立派ねぇ……今度は直に見てみたいわ」

そこからはもう、彼女の手は止まらなかった。

流れるような手つきでベルトを外し、下着ごとズリ下ろしてしまう。

そして完全に勃ち上がったものが、彼女の眼前に晒される。

「わぁ！　すごい、とても立派ねぇ。これじゃあオリガは大変だったでしょう」

シェイナさんは一瞬だけ目を丸くした。

けれど、またすぐ普段の表情に戻る。

「オリガは全部自分でやると言って、その通りにしましたよ」

「へぇ、なるほど。多分、フレッドくんの前だからかなり頑張ったと思うわ。話す機会があったら労わってあげてね？」

「分かりました」

シェイナさんはそのあと、肉棒を握って直接愛撫し始めた。

ズボン越しでもかなり気持ちよかったけれど、直に触れられるとより気持ちいい。

「くっ……すごい、腰が蕩けそうですっ！」

「フレッドくんの手も気持ちいいわ、しっかり刺激してくれて……」

「そ、そうですかね」

シェイナさんのテクニックに比べると俺は見劣りすると思う。

「もう夢中で、テクニックとかあまり考えられていないんですが」

けれど、彼女は俺を煽るように言葉を続けた。

「そんなこと気にせず、もっといろいろなところに触っていいのよ」

「本当ですか？」

「ええ、そうしてくれたほうが私ももっと興奮しちゃうわ」

「じゃあ遠慮なく……」

シェイナさんに言われたとおり、俺は両手を使って彼女の体を愛撫し始める。

左手は下に向かわせてお尻を揉んだ。

特に大きな胸に視線が向かってしまうけれど、こっちもかなりエロい肉付きだ。

揉み応えに関しては胸よりある。

右手のほうは相変わらず胸だけれど、服をはだけさせて直に愛撫していた。

シェイナさんも興奮してきているのか、汗が浮いている。

肌がしっとりして手のひらにピッタリとくっつくのを感じた。

乳首も硬くなっていて、指先で触れると彼女の体がピクッと震えるのがエロい。

お互いの愛撫がどんどん興奮を高めていった。

「ん、はぁっ……すごいわ、どんどん気持ちよくなっていっちゃう！」

「俺も、もう我慢できませんよっ！」

俺もシェイナさんも息が荒くなっていて、先に彼女のほうが手を離した。

「はぁ、はぁっ、はふぅ。フレッドくん、あなたのものが欲しくてたまらないの」

シェイナさんはそのまま体をずらしてベッドへ上がる。

そして、体を反転させると四つん這いになった。目の前に大きくて肉感的なお尻が現れる。

彼女は手を動かすと、自分で下着をずらして秘部を見せつけてきた。

そこは当然のように濡れていて、覆っている布がなくなったことで中から新しく愛液が漏れ出てきている。

「ゴクッ……」

あまりに淫靡な光景を目にして、湧き出てきた唾を飲み込んでしまった。

「ふふっ、興奮しているわねぇ」

「当然ですよ」

彼女の後を追って俺もベッドへ上がった。体のほうはギンギンに滾っていてもう準備万端だ。

「シェイナさん、いいんですね？」

「ええ、早く来て。じゃないと、体に溜まった熱で溶けちゃいそうなのよぉ！」

それを聞いてもう迷いはなくなった。

両手で彼女のお尻を掴むと、肉棒の先端を秘部へ押し当てる。

そして、勢いよく腰を前に進めた。

「ひゃうぅぅっ！」

想像以上に簡単に肉棒が中に入り込む。

見た目通りシェイナさんの膣内はかなり濡れていて、抵抗はほとんどなかった。

ヌルヌルした膣内をかき分け、数秒と経たずにいちばん奥まで到達する。

そして、彼女の反応も思った以上のものだった。

「はひっ！　ひゃっ、あうっ！　すごいぃ、中が満たされるぅ！」

ビクビクッと背筋を震わせ、さらに甘い嬌声を上げる。

膣内もそれに合わせてヒクついて、肉棒を締めつけてきた。

「くっ……ヌルヌルの肉が絡みついてきて、すごい感覚だっ！」

締めつける力はオリガに一歩譲るけれど、その分動きは複雑だった。

根元から先端まで満遍なく絡みついてくる。

まだ本格的にピストンもしていない。なのに、ゾクゾクと快感が背筋を昇っていった。

「はぁ、はぁ、うぐ……シェイナさん、動きますよ」

「きてぇ……もっと気持ちよくしてほしいのぉっ！」

この時点でかなりの快感味わっているらしい。

それでも求めてくる姿を見て、俺も熱くさせられてしまう。

「遠慮しませんからねっ！」

呼吸を整えると本格的に動かし始めた。大きなお尻に向けて何度も腰を打ちつけていく。

「あひっ！　ひゃっ、はぁっ、ひいぃぃぃっ！」

肉棒が膣内で動くたびにシェイナさんの嬌声が部屋中に響いた。

「すごい、思ったよりずっと体が敏感なんですね！」

「あぁ……そうなの、一度気持ちよくなり始めると止められないのよぉっ！」

息も絶え絶えの表情になりながら言う。

さっきまで余裕で俺を煽っていた彼女と同じとは思えない。

けれど、そのギャップがまた俺を興奮させた。

「はぁっ、はうっ！　もっと！　もっと奥までちょうだいっ！」

喘ぎながらも、さらに俺を求めてくるシェイナさん。

俺はそれに応えるように腰を打ちつけていった。

寝室内に腰のぶつかる乾いた音と、彼女の喘ぎ声が響いていく。

「あぁ……私の中、フレッドくんでいっぱいになっちゃうぅっ！」

「このまま奥の奥までいっぱいにしてあげますよっ！」

両手で腰を引き寄せ、ねじ込むように肉棒を最奥まで突き込んだ。

「ひいぃぃんっ！　すごいっ、奥まで来てるぅっ！　あうっ、はぁぁっ、ひぅんっ！　こんなに気持ちいいの、初めてだよぉっ！」

上半身をベッドへ突っ伏し、お尻だけ上げたいやらしい恰好をしながら喘ぐシェイナさん。

この人のもっと淫らな姿が見たくて、腰を動かしてしまう。

それに、シェイナさんのほうもただ犯されているだけじゃない。

俺のピストンに合わせて膣内を巧みに締めつけてきた。

「くぅっ！　なんて動きだ、搾り取られそうですよっ！」

こっちが挿入すれば包み込むように刺激して、抜こうとすると引き留めるように強めに締めつけてくる。

おかげで押しても引いても気持ちよくなってしまう。

そんな調子でピストンを続けているから、すぐ限界も近づいてきた。

「シェイナさん、もうっ……！」

「はぁ、はぁっ……フレッドくんもイクの？　私も中に欲しいのっ！」

こちらを振り返ったシェイナさんは熱っぽい視線を向けてくる。

「出してっ！　いちばん奥に、フレッドくんの熱い精液が欲しいのぉっ！」

「うぐっ、シェイナさんっ！」

ここまで求められてはもう止められなかった。腰の奥から熱いものがこみ上げてくる。

内心ではこのまま、もっとシェイナさんとのセックスを続けたい気持ちもあった。

けれど、その欲望を押さえつけずに彼女へぶつける。

「あひぃぃぃっ！　あうっ、あああぁぁあぁっ！　激しぃっ！　中がかき回されてるのぉっ！」

激しいラストスパートに、シェイナさんも大きな嬌声を上げた。

ずぢゅんっ♥
ずっ♥
ずぢゅぶっ♥
はっ♥
はっ♥
ずぢゅぼっ♥
ずぢゅぶっ♥
ビクン♥
ぞくっ♥

すらっとした背中に汗が浮き出ていて、彼女もかなり感じていることがわかる。

膣内からは愛液があふれ出ていた。

こぼれてしまった分は太ももを伝ってシーツにシミを作っている。

「はぁ、はぁっ、イクぞっ！」

「きてっ！　ひっ、はうぅっ！　きてぇっ！　私もイっちゃうっ！」

俺もシェイナさんも互いに限界が近かった。

それでもセーブすることなく、一気に絶頂まで駆け上がる。

そして、俺は最後に思い切り腰を打ちつけて彼女の中に欲望を解き放った。

「つぐ……！」

「あうっ!?　あああぁぁっ!!」

ドクンと大きく体が震え、勢いよくシェイナさんの膣内が白く染まっていく。

「きたっ、きたぁっ！　中にいっぱいっ、イクッ！」

そして、彼女の体も射精に反応して絶頂に至った。

「イクッ、ひぃいぃいっ！　ひゃ、あああぁぁぁあぁぁっ!!」

絶頂と共に彼女の甲高い嬌声が寝室に響き渡った。

ビクビクッと互いの体が震え、膣内で刺激し合う。

気持ちよさが相手へ伝播して、より長い快感が続いていった。

数分後、ようやく絶頂の余韻から解放される。

シェイナさんは力が抜けたようにベッドへ突っ伏した。

「はひ、はぅぅ……」

うつぶせになった彼女の体からは完全に力が抜けてしまったようだ。

「ふぅ……シェイナさん、大丈夫ですか？」

「うふふ、なんとかね。でも、あと少しで気を失ってしまうところだったわぁ……」

心配になって声をかけるとシェイナさんは苦笑いしていた。どうやら大丈夫なようで安心する。

「こんなにたっぷり出してくれちゃって、お腹の中がいっぱいよ」

「すみません、夢中になってしまって……」

俺の目の前で秘部が丸見えになっている。脱力していて足を閉じることもできないらしい。

そこからは中に入り切らなかった精液が溢れていて、俺がどれだけ注ぎ込んだのかがよく分った。

自分でも少し呆れてしまうくらいだ。

「残念ね、危険日だったら完全に孕んじゃってるのに」

サラッとそんなことを言う彼女に、本当に俺の子供を孕むつもりなんだなと改めて理解させられてしまう。

「本当に出来ちゃったら責任を取りますよ」

そう言うと彼女は、体を転がして仰向けになる俺を見る。

「あら、私は出来ても出来なくても、フレッドくんに嫁いじゃおうかなぁって、思っているんだけれど」

「あはは……」

どうやらシェイナさんは思った以上に積極的なようだ。

「まだそういったお話をするのは早いと思うので、勘弁してください」

「はいはい、分かったわよ。せめて森の調査のお仕事が終わってからにするわね」

とりあえずこの場では、シェイナさんのほうが引いてくれたようで一安心した。

けれど、彼女たちが来てから次々に新しいことが起きている。

もしかしてこれから、もっと大変なことが起こるのではない。

そうなると俺では、彼女たちの気持ちに応えられないのではないかと少し不安になってしまうのだった。

◆　◆

シェイナさんとセックスした翌日のことだ。

俺は玄関で森に出かける準備をしていた。

オリガたちとの関係について考えたいことはある。

けれど森の番人として、本来の仕事も放置出来ない。

先日の連戦による疲労も休まったことだし、また森へ見回りに出ることにしたのだ。

「これで良し、と」

荷物を確認したところで出かけようとする。そのとき、背後から声がかけられた。

「あの、すみません」

「あれ？　君は……」

振り返ると、そこにいたのはリリーだった。

「いったいどうしたんだ」

「フレッドさん、これから森に行くんですよね？」

「そうだよ。警戒用の警報魔法はあるけれど、実際に自分でも見回りしないといけないしね」

この森と人里との境には、いくつも警戒用の魔法を設置して囲いのようにしている。

もし魔物がそのラインを越えれば、すぐさま分かる仕組みだ。

けれど、それだけでは不完全だった。

森の奥から来た魔物が人里へ向かうには、大抵の場合予兆がある。

主な変化は周辺の動物や弱い魔物の動きがおかしくなっていることだ。

縄張りの変化や動物の群れの移動などはまだ、警戒用の魔法では探知できない。

「ここ最近は何体も強力な魔物を倒しているから、あまり心配はないと思うけどね」

それでも見回りをサボって、突然奇襲をかけるように魔物が突破してきたら目も当てられない。

一応、強めの魔物を見つけたら予防的な意味で倒しておくつもりだ。

そのことをリリーに話す。

すると、彼女は少し迷った様子を見せながらも顔を上げて俺を見た。

そして勇気を出して口を開く。

「あのっ！　もしよければわたしも連れていってくれませんか？」

「リリーをかい？」

思いもよらないことを言われて少し目を丸くする。

リリーは三人組の中で、最も控えめな性格に見えた。

最年少というのもあるけれど、どうも自分に自信がなさそうに見えるからだ。

「ご迷惑なのは分かっています。でも、フレッドさんの魔法を近くで勉強させてほしいんです！」

「えっ、俺の魔法で勉強を？　いやぁ、そんなに大したものじゃないよ」

リリーたちは三人とも魔法学校の卒業生らしい。

辺境で独学で学んでいた俺から学ぶことなんて、ないんじゃないだろうか。

そう思ったけれど、彼女は首を横に振る。

「そんなことはないです！　アシュラベアーとの戦いを間近で見て、フレッドさんの魔法の凄さに驚いたんです。あんな緊迫した状況の中で複雑な連射魔法まで使うなんて、よほど魔力操作に自信がないと出来ません！」

連射魔法とは、あのとき使った『バースト』系魔法のことだろう。

一度の詠唱で同じ魔法を連続使用できる。

素早く高火力の魔法を敵へ叩き込めるが、魔法数発分の魔力を操作するので、ある程度のテクニックを必要とするものだ。

ただ、一度コツを掴んでしまえば便利であり、俺は愛用している。

「……実はわたし、魔力の扱いがすごく下手なんです」

「下手？　でも、使えない訳じゃないんだよね」

もし使えないのなら、オリガたちとパーティーを組んでいるはずがない。

すると、やはり彼女は頷いた。けれどその表情は優れない。

「はい。学校を卒業したので一通りの魔法は使えます」

「じゃあなんで……」

「わたし、人よりずっと魔力が多いみたいなんです。皆には羨ましいってよく言われるんですが、力加減が凄く下手なんですっ！」

リリーは胸の前で両手をギュッと握ると少し涙目になっている。

どうやら、大きな魔力を持っているのに上手く使えないことがコンプレックスのようだ。

ここまで言われては放っておけない。

「分かった。俺でよければ協力するよ」

「ほ、本当ですかっ!?　ありがとうございますっ！」

俺の言葉を聞いたリリーはパッと笑みを浮かべた。

それから俺たちはいっしょに森へ入り、魔物の活動を調べることに。

その道中で彼女の魔力の操作についていくつか話をした。

「……なるほど、魔法発動のために注ぎ込む魔力量の加減ができないんだね」

「はい。詠唱や魔法の発動は問題なく出来るんですが……」

「発動に必要な魔力がなければ魔法は使えない。細かい操作ができない以上は多めに魔力を注ぎ込むしかなくて、必要以上に威力が強くなったり大規模になってしまう訳だ」

「そうなんです」

分かりやすく言えば、普通の魔法使いは魔力タンクからスプーンで魔力をすくって魔法を発動させる。けれど、リリーの場合は魔力タンクが大きいからスプーンもおたまサイズらしい。

確かにこれでは細かい魔力量の調整はしにくいだろう。

問題点が明らかになったことで対策も見えてきた。

「一つアイデアがあるんだけど、いいかな？」

「はい！　もちろんです！」

リリーが真剣な目つきで俺を見てくる。

普段から接している村の子供とは違う反応に、少し動揺しつつ言葉を続けた。

「スプーンが大きすぎるなら、それを制限してやればいいんじゃないかな」

「制限、ですか？」

「ああ。例えば、魔法を使うときにはあらかじめ常時発動系の魔法を使っておくんだ。そっちに一定のリソースが割かれるから、残った部分で普通の魔法使いのような感覚で魔力が扱える」

そう言うと彼女は目を丸くした。

「ふ、二つの魔法を同時にですか!?　わたしにできるかどうか……」

「大丈夫、なにも同時に発動させる必要はないんだ。一つずつ順番にやればいい。俺のオススメは常時発動型の防御魔法かな。リリーは使える？」

「は、はい！」

彼女は頷くと、自分の胸に手を当てて深呼吸する。

「早速やってみますね。『プロテクト・オーラ』」

呪文を唱えると、リリーの全身を白色の淡い光が包む。

これは敵からの攻撃を全方位で防ぐことが出来る魔法だ。

効果は高いけれど常に魔力を消費するため、あまり人気がない。

普通の魔法使いなら、防御を固めるよりその分の魔力を攻撃力へ向けたほうが有効だからだ。

けれど、今のリリーにはぴったりの魔法だった。

「防御魔法のほうはうまくいったみたいだね」

「はい。普通より少し魔力消費が多いようですけれど……」

確かに、俺が同じ魔法を使ったときより白い光が強く見える。

多く魔力を消費してしまう分、効果は高いんだろう。

でも、普通よりずっと多いというリリーの魔力量なら、これくらいへっちゃらのはずだ。

「よし、じゃあ次は、その状態のまま別の魔法を……ん？」

話の途中で俺は何かの気配を感じて森の奥のほうを見る。

「フレッドさん、どうしたんですか？」

「魔物の気配だ。森の外のほうへ向かって行っている」

「えっ!?」

「移動速度が速い、急いで向かわないと逃してしまいそうだ」

こっちに向かってきていればありがたいのだけど、そうはうまくいかない。

「リリー、少し走るけれど、ついてこれるかい？」

魔物との戦いに彼女を付き合わせることになってしまう。

けれど、このまま森にひとりで置いておくわけにもいかない。

「はい、大丈夫です！」

心配ではあるけれど、リリーはしっかり頷いた。

あの勇敢なオリガとパーティーを組んでいるだけあって、いざというときは勇気を出せるようだ。

「よし。じゃあ行くぞ！」

俺たちは急いで移動を開始する。

時折魔法で道を開きながら一直線で向かう。

そのおかげで、なんとか魔物が森を出る前に、前に回り込むことが出来た。

「よし、ここだ。来るぞ！　リリーは後ろの岩の影に隠れていてくれ！」

「わたしも戦えます！」

「ありがとう。でも、まだ相手がどんな魔物か分からないんだ。それに、ぶっつけ本番で二重の魔法行使をやらせるわけにはいかないよ」

「……わかりました」

少し残念そうにしながらも彼女は引き下がった。すると、ついに魔物が現れる。

「ギイイイィィィッ！」

「来たか！」

バキバキと木が倒れる音と共に、目の前に大きな魔物が現れた。

それは、緑色に輝く鱗を持つ巨大な蛇だった。

「エメラルドアナコンダか！」

あの緑色の鱗には一枚一枚に魔力が籠っていて、魔法が効きにくい。

魔法使いにとっては厄介な魔物だった。

「でも、倒せないわけじゃない」

すでに向こうは俺を敵と認識しているようだった。

だが、待ち構えていた俺のほうがわずかに有利だ。

すぐ魔法を発動させて攻勢をかける。

ファイアランスを連続で命中させたけれど、やはり効果は薄い。

けれど、直接的なダメージ以外の効果はあったようだ。

「ギギィ……」

エメラルドアナコンダが俺を見失ったようだ。

蛇はあまり目が良くない代わりに、獲物の体温を感じることが出来る。

けれど、連続したファイアランスの着弾で周囲の気温が一時的に高くなっていた。

おかげで、俺の体温を見分けることが出来ないんだ。

「背中がガラ空きだ。食らえ『アイスハンマー』！」

五割増しで魔力を込めた氷の大槌が背中に直撃する。

エメラルドアナコンダは大きな悲鳴を上げてのたうち回った。

「良し、このまま……」

俺が追撃しようと思ったとき、魔物の動きがさらに激しくなる。

「なにっ!?」

どうやら俺を見失ったことで、混乱に陥ったようだ。

そして、見境なく暴れて周囲一帯を攻撃するつもりらしい。

「くっ……」

苦し紛れの攻撃だけれど、確かに有効だった。

攻撃魔法に魔力を注いでいる俺は、リリーのように防御魔法を使っていない。

あの巨体による攻撃が当たったら無傷じゃすまないだろう。

一時的に距離を離さざるを得ない。そのわずかな時間で、相手は体勢を立て直してきた。

「キシャアアアアァァ！」

「こいつ、強い！」

おそらく、森のかなり奥のほうからやってきたんだろう。

この森は奥に行くほど魔物が強くなり、戦いも上手くなる。

体勢を立て直したエメラルドアナコンダは猛攻を仕掛けてきた。

俺が魔法で攻撃してくると分かって、呪文を唱える隙を与えないつもりらしい。

「厄介だな。ふっ、うわっ！」

攻撃をなんとか回避していく。

相手もさっきの一撃で相当のダメージを受けているはずだ。

無防備な背中に特大のやつをくれてやったんだから。

けれど、そんなダメージの気配を感じさせない攻撃だった。

「体が大きいだけあって、タフネスさも凄いな！」

体重ではアシュラベアーに劣るだろうけれど、全長は倍以上あるはずだ。

その大きな体から繰り出される広範囲攻撃に苦戦してしまう。

「何か、敵に隙を作る方法を見つけないと……」

逆転の糸口を考えていたそのとき、エメラルドアナコンダの向こう側で何かが光った。

「何だ!?」

次の瞬間、俺のところまで声が聞こえる。

「『ファイアランス』！」

「ギァアッ!!」

背後から飛んできた炎の槍が、エメラルドアナコンダの後頭部に直撃した。

思いもよらない場所からの攻撃に相手がひるむ。

「よし、ここだ！　『アイスハンマー・バースト』！」

大きな隙ができたので、俺は渾身の力を込めて魔法を放った。

アシュラベアーを吹き飛ばしたときと同じ、三連撃だ。

さすがのエメラルドアナコンダも耐え切れずに倒れ伏した。

「……ふぅ、終わったか」

俺は魔物が完全に死んだことを確認して一息つくと、岩陰に隠れていたリリーが出てきた。

「リリー、こっちに来てみなよ」

しかし近くに来た彼女は少しオドオドしながら、俺の顔をうかがってくる。

「あの……途中で邪魔をしてしまってすみません！　フレッドさんを助けなきゃと思って……」

どうやら、隠れていろという言葉に逆らってしまったから、怒られるかもしれないと考えているようだ。俺は彼女の肩にそっと手を置くと話しかける。

「ありがとうリリー、助かったよ」

「えっ？」

「リリーの魔法がなければ、きっとまだ苦戦してた」

「そんなっ！　わたしは思わず手が出ちゃっただけで……でも、フレッドさんの助けになれてよかったです」

俺が感謝したことで安心したように笑みを浮かべる。

「それに、さっきファイアランスを放ったときは、防御魔法を使ったままだったんじゃないか？」

「あっ、そうです！　わたし、無我夢中で……」

「ははは、凄いじゃないか！　ぶっつけ本番で二つの魔法を使えるなんて、俺でも出来なかったよ」

予想を上回る成長ぶりに思わず笑ってしまう。

俺も同じことは出来るけれど、長い訓練を経て身につけたものだからだ。

「実際どうだった？　ファイアランスを使ったときの感覚は」

「確かにフレッドさんの言う通り、普段よりコントロールが効いていたと思います」

「そうだね。見事にエメラルドアナコンダの後頭部へ命中させていたし」

きちんと魔法をコントロールしている証拠だった。

「一度出来たんだ。次はもっと上手くできるさ」

「はい！　わたし、もっと自分の魔力を制御できるよう頑張ってみます！」

どうやら少しは自信を持てたようだ。

笑みを浮かべて応えるリリーを見て、俺も安心した。

それから俺たちは倒した魔物の後始末をして家へ帰る。

オリガやシェイナさんたちといっしょに夕食をとったあとは、俺は自室にこもっていた。

今日倒したモンスターのことをノートにまとめるためだ。

そうしていると、部屋の扉がノックされる音が聞こえてくる。

椅子から立ち上がって扉を開けると、そこにいたのはリリーだった。

「こんばんは、フレッドさん」

彼女は少しだけオドオドとした様子で扉の前に立っている。

「こんな夜中にどうしたんだい？」

俺は予想外のお客さんに驚きつつ問いかける。

これがオリガやシェイナさんなら、まだ理解できただろう。

けれど、控えめなリリーが夜中に男の部屋を訪ねてくるなんて……。

正直に言って、まったく予想できなかったのだ。

そんな俺に対して、彼女は小さな声で答える。

「……実は、少しお話ししたいことがあるんです。よろしいでしょうか？」

「今からかい？　まあ、大丈夫だけど」

少し不審に思いつつ、彼女を部屋の中に招き入れる。

リリーには椅子に座ってもらいつつ、俺はベッドへ腰掛けた。

「それで、話っていうのは何だろう」

まずは、俺から声をかける。

「えっと、その……」

リリーは僅かに迷った様子を見せたけど、数秒後には顔を上げて何か決意した表情になっている。

「わたし、フレッドさんにお礼をさせてください！」

「えっ、俺にお礼？」

「はい！　わたしの魔法の悩みを解決してくれたお礼をしないといけないと思ったんです」

彼女は両足の上に握った手を置いてそう言う。

俺に向けられている視線は真剣だった。

「ふむ……」

俺としては少しアドバイスをしただけのつもりだ。

こんなふうに改まってお礼をされるほどのことじゃない。

けれど、それじゃあ今の彼女は納得しないだろう、ということは分かった。

「けど、お礼と言ってもな……」

なかなか適当なものが思いつかない。俺が悩んでいると、先にリリーが動き出した。

椅子から立ち上がり、ベッドに座っている俺の前までやってくる。

「リリー？」

考え事をしていた俺は、彼女が目の前に立ってようやく接近に気づいた。

そしてそこで、借りを返すと言ったときのオリガとのパターンも思い出す。

しかし、まさか大人しいリリーまでが？

「わたしも、一応男の人が喜ぶことくらい知っているんですよ！」

彼女はそう言うと両手を俺の肩に置き、正面から顔を近づけてきた。

「ん……」

「ちょ、ちょっと待って！」

慌てて彼女の肩を掴み、押しとどめる。

「うっ……なんでですか？」

「何でもなにも、どういうことをしようとしているのか分かっているのか!?」

思わず少し声を大きくしてそう言ってしまう。

それに対して、リリーはバツが悪そうに視線をそらす。

「……でも、オリガさんたちとはしたんですよね。わたし、知ってるんです」

「なっ、どこからそのことを……」

「おふたりの様子を見ていれば、何かあったことくらい分かります」

どうやらオリガたちとのことは、すでに知っているようだ。

いつもいっしょにいる仲間だけあって、変化には敏感らしい。

「お願いします、どうか……」

「でも、だからって無理にする必要はないよ」

他のふたりがやっているから自分も……という思いも、きっとあるんだろう。

けれど、これはそういった軽い気持ちでしていいものじゃない。

「下手をしたら子供が出来ちゃうかもしれないよ？」

俺はそう言って思いとどまらせようとするが、リリーは予想以上に積極的だった。

「でしたらシェイナさんに、出来ないよう魔法をかけてもらいますっ！」

「なぜ、そこまで……」

「それだけ、わたしにとってフレッドさんが教えてくれたものは価値があるんです。それとも……わたしでは、こういうことをするのは無理でしょうか……？」

彼女はそう言うと、不安そうにこちらを見つめてくる。

そこまで言われてしまっては、さすがに断れなかった。

「……分かったよ。でも、避妊だけはしっかりしてもらうからね」

「は、はいっ！　ありがとうございます！」

俺が了承すると、彼女は嬉しそうな笑みを浮かべた。

「よし、じゃあこっちにおいで。いきなりは始められないから、準備しよう」

俺はリリーを呼び寄せるといっしょにベッドへ上がり、さっそく押し倒した。

「ひゃぁっ!?」

「驚かせたかな、ごめん。でも、しっかり準備しないと痛くしちゃうから」

「そうじゃないんです。わたしのほうがご奉仕しようと思っていたのに……」

どうやらお礼をするということで、自分から色々するつもりだったらしい。

「でも、たぶんリリーは初めてだろう？」

「うっ……は、はい」

やはりというか、彼女は素直に頷いた。

「じゃあ無理をしないで、俺に任せてほしいな」

「……分かりました。でも、ちゃんと出来るようになったらご奉仕しますから！」

「ああ、期待しているよ」

彼女の了承が取れたところで、俺は行動を開始する。まずはその可愛らしい服をはだけていった。

「あぅっ……」

オリガやシェイナさんに比べると、しっかり着込んでいるリリー。いきなり全裸にすると恥ずかしいだろうから、今は胸元をはだける程度に抑えておく。

俺の目の前に、ぷるんと大きな柔肉が現れた。

「すごい、とても綺麗だよ」

「うぅ……やっぱり、ちょっと恥ずかしいかもです……」

リリーの胸は、小柄な体格にしてはかなり大きかった。

単純な大きさではシェイナさんに一歩譲るだろう。

でもオリガと同じか、あるいはわずかに上回る気がする。

けれど、単純なサイズだけじゃなく体格まで考慮すると変わってくる。

彼女の小柄な体格にこれだけの巨乳が備わっていると、実際のサイズ以上に大きく見えた。

「リリー、触れるよ」

一言断ると、彼女の体に覆いかぶさるようにしながら愛撫を始める。

まずは、ぷるんとプリンのように揺れている巨乳へかぶりついた。

「あんっ！」

揺れる乳房を甘く噛んで捕まえたら、先端の乳首を舌で刺激する。

「ひゃっ、あうっ……んぅ！」

刺激とともにリリーが嬌声を上げた。

「何か感じる？」

「はぅ……変な感覚がしますっ」

「どうやらリリーは感じやすいみたいだね」

敏感な彼女へ必要以上の刺激を与えないよう注意しながら愛撫を続けていく。

「ひぃ、あぁっ……胸が熱いですっ！」

舌で刺激していくとだんだん乳首が硬くなってきた。

しっかり気持ちよくなっているようだ。

「よし、じゃあこっちも……」

胸のほうがよい具合になってきたので、今度は手を動かす。

スカートをめくりあげると、その奥に潜り込んだ。

「そ、そこはっ！　あっ、あう……！」

人差し指で下着の上から秘部を刺激した。ゆっくりと撫でると彼女の体がビクッと震える。

「この調子でどんどん気持ちよくしてあげるからね」

そう言いながら手も口も使って愛撫を続けていく。

「あ、あぁ……っ！　なにこれっ、気持ちいいっ！　こんなの初めてですっ！」

俺の愛撫が強くなるにつれ、リリーの嬌声も大きくなっていく。

他人にここまで体を弄られるのだって、初めてなんだろう。

でも、もう気持ちよくなっているあたり、エッチへの適正はありそうだ。

現に、指が触れている下着は、溢れ出てきた愛液で濡れ始めている。

「もう体がトロトロになってきたね」

「ふぁ……頭がフワフワしちゃいそうです……」

リリーはボーっとした表情になりながら俺を見る。

その無防備な姿に、思いっきり征服してやりたいという欲望を刺激された。

普段は庇護欲をそそる可愛らしさがあるリリー。

けれど、こうして淫らな姿を見ると子供ではないと分かる。

「もう体の準備は良さそうだね」

「はぁ、はぁっ……」

彼女は興奮で息を荒くしながら、俺に切なそうな視線を向けてきた。

「わたし、もうお腹の奥がゾクゾクしちゃって止まらないんですっ」

「ああ、すぐ治してあげるよ」

俺は体を起こすとズボンのベルトを緩め、肉棒を取り出す。

リリーの艶姿を間近で見て、すでに臨戦態勢になっていた。

「ッ！　そ、それが……男の人の……」

さすがのリリーも一瞬で酔いが醒めたように目を丸くする。

「怖いかな？」

「少しだけ。でも、オリガさんたちも出来たんですから、わたしも頑張りますっ！」

「良い子だねリリーは。じゃあ、中に入れるよ」

彼女の下着を脱がすと勃起した肉棒を秘部へ押し当てる。

そして、そのままゆっくり挿入していった。

「あぐぅぅっ！」

「やっぱりキツいかな……？」

やはりというか、リリーの膣内はかなりの狭さだった。

彼女も初めての感覚に困惑しているようで、目を白黒させている。

けれど、幸いにも潤滑剤の愛液はたっぷりあった。

それを助けに、徐々に奥へと進んでいく。

「あひっ!?　ひゃっ、あぁぁああっ！　なっ、中で動いてますっ！」

「くっ、すごい締めつけっ……リリー、大丈夫かい？」

キツキツな膣内の感触に苦戦しつつも、なんとか声をかける。

「はっ、はい、なんとか……んっ、ひゃぁぁっ！　お腹の中、持ち上げられちゃいますっ！　味わったことない不思議な感覚ですっ、んあぁぁあぁっ！」

肉棒が膣内でビクッと震えると、それに合わせてリリーの嬌声が上がる。

すると、彼女の体も震えて少し締めつけも緩んできた。

その隙に俺は一気に奥まで挿入していく。

「うぎゅっ！　ぐっ、はうっ！　あぁ、はぁぁっ……」

「リリー、全部入ったよ」

「本当ですか？　あぁ、奥までフレッドさんのが入ってるんですね……」

彼女も肉棒が最奥まで挿入されていることを感じているようだ。ここまで大変だったからか、額に少し汗が出ている。でも、一度うまくいってしまえばあとはスムーズだ。

「このまま動くよ」

「はいっ、わたしももっとフレッドさんを感じたいですっ！」

「ああ、たっぷり可愛がってあげるからね」

彼女の頭を撫でつつ腰を動かしていく。

あくまで乱暴にしないようにしつつ、膣内全体を擦るようにピストンした。

「ひゃう、ひゃ……んあっ！」

肉棒が彼女の膣内を突き、ひっかくように刺激する。

だんだん慣れてきたからか、リリーの声から苦しそうな雰囲気が消えていった。

代わりにとろけるように甘い嬌声が増える。

「はぁ、はぁっ……わたしの中、ぐちゃぐちゃになっちゃってます。でも、すごく気持ちいいっ！」

ピストンの反動で巨乳をいやらしく揺らしながら声を漏らす。

同時に、膣内も肉棒を締めつけてきた。

「リリーの中、狭いのにビクビク動いて気持ちいいよ」

「気持ちいい、ですか？　えへへ、良かったです。私もフレッドさんといっしょに気持ちよくなれるでしょうか？」

「ああ、もちろん。頑張るよ」

小さく笑顔を浮かべる彼女を見ていると保護欲をそそられてしまう。

それでも彼女の体が、どん欲に俺を求めてきた。

肉棒が引き抜かれそうになると、強く締めつけて引き留めてくる。

その刺激はとても甘美なものだった。

思わず腰をもっと前に突き出して、より深くまで挿入してしまう。

「ひぐっ！　あ、ひぃっ！」

深い刺激にリリーの口から悲鳴が漏れ出た。

けれど、彼女の目はとろんとして興奮しきっている。

「あぁ、もっとください……最後までフレッドさんのこと、感じさせてくださいっ！」

完全に発情しているようだ。ここまでくると、もう遠慮はいらないと思わせられる。

「ああ、最後までこのまま犯しきってあげるよ！」

そう言って俺はピストンのスピードを上げた。寝室にリリーの甲高い嬌声と、パンパンと腰を打ちつける音が響き、互いに興奮が際限なく上昇していく。

「はぁっ、はうっ、あああぁぁっ！」

思い切り奥まで突くと、リリーが大きな嬌声を上げながら腰を震わせる。

それに合わせた締めつけも俺の快感を引き上げ、いよいよ限界が近づいてくる。

「あうっ……わたし、もうだめですっ！　体がフワフワしてっ！」

快感が全身を駆け巡っているんだろう。息を荒げながら、こちらを見上げてくる。

同時に、俺自身もこれ以上は我慢できないと感じていた。

「ああ、俺もイクよ！」

「きてくださいっ！　最後まで、中でっ……ひゃっ、ああああぁぁっ！」

ラストスパートをかけて彼女の中をかき回す。

今までよりも強い刺激は、そのまま彼女を興奮の頂《いただき》まで押し上げた。

「イっちゃいますっ！　ひゃあっ、あああぁぁぁぁぁっ！　イックウウウゥゥウウゥゥッ‼」

甘美な刺激にビクンビクンと全身を震わせて絶頂するリリー。

表情は快感で蕩け切っている。膣内も溢れるほど愛液を出しながら、肉棒に絡みついてきた。

その刺激で押し出されるようにして、俺も射精する。

「ぐっ……！」

ドクドクと肉棒から白濁液が溢れ、リリーの中を白く染めていった。

膣内はもちろん、その奥まで犯していく。

「はひっ、あぁぁっ……お腹の中、フレッドさんの熱いのでいっぱいです……」

リリーはまだ絶頂の余韻で、酩酊状態のようだ。

ちゅぷ♥
ハッ♥
ハッ♥
ちゅぷ♥
ぶるん
ちゅぽ♥
ちゅぷ♥
ちゅぷ♥

自分の下腹部を見下ろしながら、うっとりとつぶやいている。

その姿はあまりに淫靡で、また欲望が湧き出てきてしまいそうになった。

何とかその気持ちを抑えつつ、体を起こす。

「ふぅ……」

肉棒を引き抜くと、膣内から奥に収まりきらなかった分の精液が、やや赤く染まって溢れてくる。

それだけしっかりと、初めての彼女の中を犯し尽したんだということに満足感を覚えた。

「リリー、大丈夫か？」

「はぁ、はぁ……まだ動けません……」

他のふたりより小柄で体力がないからか、まったく動けないらしい。

手足をベッドに投げ出したままで、体を隠す余力もないようだ。

俺は近くにあった毛布を手繰り寄せると、彼女にかける。

「そのままじゃ風邪をひいちゃうからね」

「ありがとうございます。はぅ……」

疲れが溜まっているのか、彼女はそのまま眠りに落ちてしまった。

俺は静かに寝息を立てるリリーを横目に、自分もベッドへ横になる。

「とうとう三人全員と関係を持っちゃったな。これからどうなるんだろう……」

少し不安を感じつつも、目を瞑って眠りにつくのだった。

翌日から俺の生活は少しだけ変わることとなる。

リリーとセックスしたことで、もう誰にも言い逃れはできないからだ。

いっしょに暮らしている以上、当然そのことはオリガとシェイナさんの知るところとなる。

とはいっても、何かが大幅に変わったということはない。

少し彼女たち三人の態度が変わっただけだ。

今までは、まだ客人という空気があって互いに遠慮することがあった。

けれど一線を越えたからか、その遠慮が少しなくなったような気がする。

オリガの場合は事態を知るとまず、強引に手を出したのかと迫ってきた。

彼女にとってリリーは後輩だし、リーダーとしての責任感もある。

少しキツめに問い詰められてしまったけれど、無理もないと理解していた。

俺はなんとか説明して、無理やりセックスしたのではないと分かってもらうことに成功する。

まだ少し、納得がいっていないようではあったけれど。

「リリーのほうから求めたのなら、あたしがあまり口出しするのも良くないわね。でも、泣かせるようなことがあったら容赦しないわよ！」

そう言うと、剣を持って家を出ていってしまった。

どうやら最近は毎日、森に出て魔物を調査しているらしい。

もちろん、シェイナさんやリリーとパーティーを組んでいくことが多いけれど、時にはひとりで出かけることもあるようだ。

そのことをシェイナさんに聞くと、俺にライバル心を感じているらしいのだとか。

「同い年くらいの男の子が、これまでひとりでこの危険な森の番人をしてたって聞いて、プライドが刺激されちゃったみたいねぇ」

彼女はそんなふうにのんきに言うけれど、俺は心配だ。

以前のアシュラベアーやガルダの件で学んだようで、ひとりのときは奥までは向かおうとしない。

それでも、完全に安全だとは言い切れないのだから。

「でも、俺がついていくと言うと、余計に刺激しちゃいますからね」

「そういうこと」

シェイナさんはそう言うと、俺のほうへ体を寄せてきた。

今は朝食後で、リビングでソファーに座り食後のお茶を飲んでいるところだ。

「今日はお休みなんでしょう？　だったら、私とゆっくり過ごさない？」

そう言いながら、あからさまに自分の体を押しつけてくる。

特に、その大きな胸を。

「うっ……いや、それは……」

シェイナさんは俺がリリーとも関係を持ったと知ると、より積極的になった。

こうしてスキンシップが増え、直接的に誘惑してくる。

「どうして俺なんかにここまで……」

「まだ、自分がどれだけ良物件なのか分かってないのかしら」

「俺が……？」

こんな田舎で森の番人なんてやっている魔法使いが、嫁入りするのに良物件だって？

何度か聞いていても、とても信じられなかった。

「もちろん人によるでしょうけど、私は本気でフレッドくんを狙っているのよぉ？」

彼女はニッコリと笑みを浮かべると、顔を近づけてくる。

「ねぇ、フレッドくん。このまま私の部屋へ行きましょう？」

「シェイナさん……」

ここで彼女の誘いに乗れば、今日一日はベッドの上で過ごすことになりそうだ。

本気で俺を狙っているらしい彼女は関係を深めようと、いろいろな手を使って搾り取ってくる。

その快感と、シェイナさんほどの美女に求められているという誘惑には抗い難い。

けれど……。

「あっ、シェイナさん！　だめですよ、またフレッドさんを独り占めしようとして！」

そこでタイミングよくリリーが部屋に入ってきた。

彼女が、俺に近づくシェイナさんの姿を見て声を上げる。

「一日中フレッドさんを独り占めしようなんてだめです！　わたしだって、魔法の練習を見てもらいたいんですからっ！」

リリーは俺といっしょに森へ入ったとき以来、自分の魔力をもっと上手く使えるようにと訓練を重ねていた。

時折俺も教師役として、その訓練に参加している。

元々真面目で才能もあるからか、ぐんぐんと成長していた。

俺も彼女の成長を見るのが楽しみになっている。

「じゃあ、午前中はリリーの訓練に付き合ってもらって、午後からは私と過ごすというのはどうかしら？」

「良いですね！　フレッドさんはどうですか？」

シェイナさんが妥協して提案すると、リリーは喜んで受け入れた。

なんだかふたりの主導で、俺の予定を決められてしまっているような気がする。

一応、意見を聞こうとはしてくれているけれど。

「分かった。それでいいよ」

元々平凡な毎日を過ごしていた身からすれば、こうして誰かと触れ合いながら過ごせるのは嬉しい。ちょっと、健全とは言い難いかもしれないけれど。

「……あんまりだらしない生活になりすぎないよう、注意しないといけないな」

そんなことを思いながら、俺はリリーに手を引かれて庭へ向かった。

◆　◆

「邪魔よ！　はぁっ！　『サンダーボルト』！」

近寄ってきたゴブリンを切り捨てる。

それと同時に、空いている左手を掲げて魔法を放った。

高速の雷撃が、弓矢を放とうとしていたゴブリンを貫く。

それが最後の敵であったようで、周囲は静かになった。

「はぁ……ふぅ……これで三十四ね」

構えを解くと額に浮き出た汗をぬぐう。

オリガが森に入ってから、すでに六時間が経過していた。

途中で何度か休憩のために安全地帯まで退避したものの、ほぼ森に籠っていたと言っていいだろう。太陽も少し傾いてきている。

「今日はこれくらいにしたほうが良いかしら」

フレッドの家に滞在するようになってから、毎日のように森に入っていた。

表向きの目的は森の調査だ。

シェイナやリリーたちとも協力し、普通より強力な魔物が頻繁に出現するこの森の謎を調べている。ただ、ひとりで森に入っているときは自己の鍛錬も兼ねている。

「……フレッド、今日もあのふたりといっしょなのでしょうね」

脳裏に、急速に彼との距離を近づけているふたりの仲間のことが思い浮かぶ。

リリーはまだ、魔法の師匠としての面が大きい。

けれど、シェイナのほうは確実に男女関係へと持ち込もうとしていた。

リーダーとはいえ、仲間の個人的な恋愛にまで口を出そうとは思わない。

けれど心の中には、モヤモヤしたものが残ってしまう。

「あいつが魔法使いの伴侶として最適なのは、理解しているけどね……」

王国で確認されている中では、史上初めてだろう男魔法使い。

しかも魔法の腕も良く、何年も森の魔物から人里を守っている経験と善良さも持つ。

生まれてずっと辺境暮らしだったためか、一部の常識に疎いところがあるけれど。

しかし、そこさえ目をつぶれば、魔法使いにとって最良の伴侶であることは疑いがない。

もし彼との間に男魔法使いが生まれれば、最高の名誉と権威を得られるだろう。

最初は借りを返すだけでく、それも考えてフレッドへ近づこうとした。

しかし、あのふたりが彼に近づいているのを客観的に見てからは、自分の判断は早計ではないかと考えるに至ったのだ。

「そうよね、子供を作るんだもの。しっかり考えないと」

思い出したのは、自分の両親のことだった。

魔法使いの夫というのは、家庭で弱い立場に置かれる場合が多い。

妻も娘も魔法を使える中で、ひとりだけ魔法が使えないからだ。

もちろん、家族全員がそのことを当たり前として受け入れている。

専用の学校まで整備するほど魔法使いを重視している王国の、ごく普通の習慣と言っていい。

しかし、オリガの父親は数少ない例外だった。

彼は騎士長として王城に努め、騎士はもちろん魔法使いの部下も取りまとめている。

魔法使い相手の模擬戦でも、勝率こそ悪いものの対抗できるだけの腕を持つ。

母親もそんな夫を尊重していて、夫婦仲は一般家庭のような対等な関係だった。

そんな家庭で育ったからこそ、オリガは父親のことを尊敬している。

そして、もし自分が伴侶を得るならば、父親のように尊敬できる相手にしようと考えていた。

だから一見すると、フレッドは彼女の条件に当てはまっている。だから純潔まで捧げたのだ。

ただ、これから一生を添い遂げる相手としてはどうか、という部分でまだ悩んでいた。

シェイナの場合はきっと、相手の性格などはそれほど重視していない。

リリーはまだ、異性として見ている割合と師匠として見る割合が半々だろう。

普通の魔法使いとは違う、ある意味真っ当な家庭で育ったオリガだからこその悩みと言えた。

「やっぱり、もう少し時間をかけたほうが良いかしら……」

そんなことを考えていたときのことだった。

「おーい、オリガー！」

後ろのほうから声が聞こえてくる。

振り返ると、そこには案の定フレッドの姿があった。

「フレッドじゃない。どうしてここに？」

「最近、一日中森に入っていることが多いから、心配になっちゃって」

彼はそう言って笑うと、背負っていたリュックを下ろす。

中から水筒を取り出して、嬉しそうにオリガに差し出した。

「はい、温かいお茶。シェイナさんが淹れてくれたんだ」

「ありがとう、いただくわ」

オリガも純粋な善意を断るつもりはなく、少し休憩することに。

一息つくとオリガのほうから問いかける。

「シェイナたちはいいの？　彼女たちといっしょにいたんでしょう？」

仲間たちがフレッドに積極的なアプローチをかけているのは承知している。

実際、この日もフレッドは、リリーの魔法の練習に付き合ったり、シェイナから回復魔法を教わるなどしていた。だからこの問いには、そのふたりを置いて自分に構っていて、大丈夫なのかという意味が込められている。

「ふたりはいっしょに夕食を作っているよ。だから、俺はオリガを迎えに来たんだ」

「なるほど、そういうこと」

理由を聞いて、納得したようにうなずく。

最初にセックスして以来、オリガのほうからはアプローチをかけていない。

だから、フレッドのほうから自分に接近してくるとは思っていなかったのだ。

けれどフレッドは、さらに予想外の言葉を続ける。

「それに、最近オリガと話をしていなかったからさ。歩きながらでも話せればと思って」

「えっ、あたしと？」

思いもよらない言葉に、わずかに目を丸くする。

「そうだよ。最近、オリガは森に行ってばかりで、あまりいっしょにいられないからさ」

フレッドも仕事で森に入っているが、意図的にオリガのほうが彼を避ける形になっていた。

「それは……」

どう答えようか悩んでいたとき、フレッドがハッとした表情になる。

そして、顔を動かすと森の奥のほうを睨んだ。

「警戒魔法に魔物が引っかかったの？」

「そうみたいだ。それほど大きくないようだけど、数が多い」

「あたしも協力するわ」

そう言って、すぐに立ち上がる。

「いいのかい？」

「無力な一般人のために少し力を割いてあげるだけよ。お父様からも、正義のために使う魔法は尊いものだと言われているから」

「お父さんを誇りに思っているんだね」

「当たり前よ！」

そう言って胸を張るオリガを見て、フレッドも笑みを浮かべる。

「俺もだよ。父さんと、それに母さんから受け継いだ仕事だ。しっかり務めてみせる」

「あなたは後ろで見学していてもいいのよ。あたしもこの森での戦い方が分かってきたから、もう以前のような醜態は晒さないわ！」

「それは楽しみだ、ぜひ見せてもらおうかな」

そうして、ふたりは森から出ていこうとする魔物の前に立ちふさがるのだった。

◆　◆

俺とオリガは家に帰ってから真っ先に、ソファーへと崩れ落ちた。

シェイナさんとリリーはキッチンで夕食を盛りつけているようで、お皿を動かしている音がする。

俺たちが帰ってきたことは、分かっているだろう。

そろそろこっちに呼びに来るかもしれない。

「あぁ、疲れたな」

「まったくよ。いくら比較的弱いからといって、あれだけのスライムがいたら大変よ」

さっきまで俺たちが対峙していたのは大量のグリーンスライムだった。

個としての強さはそれほどではないけれど、とにかく数が多い。

ふたりで協力して五十体ほどを倒し、取り残しがないか確認するのも手間だった。

「けど、あたしのほうが倒した数は多かったわ！」

「そうかな？」

「そうよ。森の中で魔法を使うコツをつかんだと言ったでしょう？」

そう言う彼女は自信ありげだった。

詳しくは確認していないけれど、そこまで言うなら信じる他ない。

「うーん、森の中での動きなら自信があったんだけどな」

「フレッドはこの森しか知らないのでしょう？　外での経験もあったほうが適応力は高いのよ」

「確かに、その点はオリガの言うとおりかもしれないね」

彼女の指摘には確かに頷ける部分があった。

いろいろな経験を積んでいるという点では、オリガに逆立ちしても勝てないだろう。

けれど不満は感じなかった。俺にとっては、あくまで森の番人として働ける力があれば十分だ。

「……あんまり悔しがらないと張り合いがないわね」

俺がショックを受けていないのを見てオリガが少し不満そうにしている。

「あはは、ごめんね」

「まあいいわ、最初に勝負すると決めていた訳じゃないもの」

そこで一息つくと、彼女は俺へ視線を向けてきた。

これまでとは違う、少し真剣な雰囲気だ。それを感じ取って俺も姿勢を正す。

「どうしたんだ？」

「……フレッドは、シェイナとリリーのことをどうするつもりなのかしら？」

「えっ？　それはどういう……」

「あのふたりからも言い寄られているんでしょう？　リリーはともかく、シェイナははっきり言ってるはずよ」

「ああ……うん、そうだ」

その言葉には頷かざるを得ない。

「オリガはリーダーだし、確認する義務はあるよね」

俺の返答によってはパーティーを解散することになってしまうかもしれない。

そう考えると、うかつに返事できないと思ってしまう。目の前の机を見て考え込む。

「……それもあるけれど、それだけじゃないわ」

「うん？」

オリガの言葉を聞いて再び彼女のほうを見る。すると、わずかに赤くなった彼女の顔があった。

「あ、あなたに声をかけているのは、あのふたりだけじゃないってことよ！　まさか、忘れたの？」

「えっ、それは……いや、忘れてないよ」

そうだ、彼女からも俺と子作りするという言葉を聞いている。

「オリガも本気なんだね？」

問いかけると、わずかに間をおいて彼女は頷いた。

「ええ。もう一度、あたしなりに時間をかけて考えた結果よ。あなたは魔法使いの伴侶に相応しいわ。それに……」

オリガはそこで僅かに間を置くと、俺の目を見て言葉を続ける。

「あなたなら、良い父親になってくれるかもしれないと思ったから」

「……そっか。ああ、まいったなぁ」

選択肢がさらに増えてしまい、俺はますます答えられなくなってしまった。

「どうしようか、ちょっと混乱してる」

思わず頭を抱えると、それを見ていたオリガがため息を吐く。

「仕方ないわね。じゃあ、選びやすいようにしてあげるわ。今夜部屋で待っていなさい！」

「それは……」

もう一度オリガに問いかけようとしたところで部屋の扉が開く。

「オリガさん、フレッドさん！　夕ご飯が出来ましたよ！」

エプロンをしたリリーが俺たちのことを呼んでいた。

「分かった？　今夜、ちゃんと待っていないさい」

オリガはそう言うと先に立ち上がってダイニングへ向かってしまう。

「言われた通りにするしかないかな」

自分に言い聞かせるようにつぶやくと、俺も彼女の後を追うのだった。


その日の夜、俺は言われた通り自室でオリガが来るのを待つことに。

「……まだかな？」

すでに日は暮れていて、それなりに時間が経っている。

オリガは自分でした約束に遅れるような性格ではない。

何かあったのかと思い立ち上がろうとしたそのとき、勢いよく部屋の扉が開く。

「ちょっと、押さないで……きゃっ！」

「いいじゃない、全員で入っちゃいましょうよ」

「お、お邪魔します……」

そこから三人が入ってくる。言うまでもなくオリガとシェイナさん、それにリリーだ。

「あれ？　オリガひとりだったんじゃ……」

それとも俺が勘違いしていたのかと思い、そう呟く。

するとシェイナさんに押されるように中に入ってきたオリガは、バツが悪そうに視線をそらした。

「あたしだってそのつもりだったのよ。でも、ここに来る途中でシェイナたちに見つかって……」

「私たちもフレッドくんの部屋へ行く途中だったから、いっしょに来たのよぉ」

どうやらシェイナさんは、また夜這いを仕掛けてくる気だったらしい。

しかも、リリーも連れて。

「すみません！　シェイナさんに誘われてしまって……こんな夜中にお邪魔かと思ったんですが」

「リリーが完全に被害者なのは分かるよ」

彼女が自主的に夜這いを仕掛けてくる可能性はあまり考えられない。

もしするとしても、事前に一言声をかけるはずだから。

「騙されちゃダメよフレッドくん、リリーだってけっこう乗り気だったんだから！」

そんなことを考えていると、シェイナさんから忠告される。

「わ、わたしはそんなことっ……」

とたんにリリーはモジモジしながら視線をそらしてしまった。

その態度でシェイナさんの言葉が本当だったと知る。

「そうか、リリーもそのつもりだったのか。じゃあ、もしかしてオリガも？」

視線を彼女のほうへ向ける。

オリガは自分へ話を振られて一瞬驚いたようだけど、すぐ俺の問いに答える。

「そうよ。だって、あたしはシェイナやリリーと違って、初めてしたとき以来あなたとしてないんだもの。ふたりきりで過ごして遅れを取り戻そうと思ったのよ！」

若干、やけっぱちになったようにそう言う。

どうやら、これで三人とも俺に夜這いをかけるために来たのは確定のようだ。

「ははは、どうしたもんかな……」

彼女たちの気持ちは嬉しいけれど、一度に三人も相手にできるだろうかと思う。

そんな俺にオリガが声をかけてくる。

「あたしたち全員その気なんだから、逃げるなんて許さないわよ？」

少し顔が赤くなっているのは、さすがの彼女でもこんなことを言うのは恥ずかしいからだろうか。

けれど、三人の気持ちはよく分かった。

「オリガがそう言うなら、俺も頑張るしかないかな」

彼女たちのような美人に選ばれたのは男明利につきる。

「ふふっ、フレッドくんもやる気になったみたいねぇ」

そう言って近づいてきたのはシェイナさんだった。

彼女は俺の肩に手を置いて、そのままベッドのほうへ押してくる。

「このまま押し倒しちゃいたいけれど、さすがにオリガたちの前ではできないわねぇ」

「確かにそうですね」

彼女たちもしっかりついてきている。いくらシェイナさんでも抜け駆けはできないだろう。

「じゃあ、代わりに……んっ！」

すると彼女は俺に顔を寄せてキスしてきた。

「今夜のキスは私が一番乗りね」

楽しそうにニコッと笑みを浮かべるシェイナさん。

しかし、先を越されたオリガとリリーは少し慌てていた。

「ちょっと、なに勝手に始めてるのよ！」

「そ、そうですよ！　ひとりだけキスしてズルいです！」

そんなふたりに対して、シェイナさんは悪びれることもなく言い返す。

「あなたたちがのんびりしているのも悪いのよ？　欲しいものがあるなら積極的に行かないと！」

ここまで言われてオリガが黙っている訳がなかった。

「……いい度胸ねシェイナ。なら、競争よ！」

彼女はズンズンと近くまでやってくると俺の腕を掴む。

なかなか力が強く、少し苦しいくらいだ。

けれど、それだけ彼女が俺を放したくないという気持ちだというのがよく理解できる。

彼女はさらに、空いている手で俺の服に手をかけてきた。

「何をするかは分かっているでしょう？　邪魔なものは脱いじゃいなさいよ」

「急に言われても……ちょ、うわっ！」

俺が戸惑うと、彼女は少しイラっとした様子で服を脱がし始めた。

「あらあら、今日のオリガは積極的ねぇ」

「シェイナさんが焚きつけたからじゃないですか……」

「じゃあ、お詫びに私もサービスしちゃうわ」

すると、彼女は自分の服に手をかけてはだけはじめた。

元々露出度が高いので、特に胸元などはすぐ露《あらわ》になってしまう。

「うわっ……」

三人の中でも特に大きな爆乳が俺の目に飛び込んできた。

もう何度も目にしているけれど、その迫力には慣れない。

思わず声が出てしまったほどだ。

「ふふっ……ほら、フレッドくんの好きな胸を押しつけてあげるわ」

その言葉通り、遠慮することなく胸を押しつけてくる。

特大の乳房が俺の体に当たって変形した。

「うっ、これはすごいっ……」

とろけるような感触に目を剥いてしまう。

「むぅ……あたしだってそれくらい……！」

それを見ていたオリガも自分の服をはだける。

シェイナさんには大きさで劣るものの、張りがあって綺麗な美巨乳が押しつけられた。

左右から魅力的な肢体を押しつけられ、俺の興奮は急速に高まっていく。

「ううぅぅ……」

一方、残るひとりは左右を仲間たちに占領されてどうしようか動きかねているようだった。

「リリー」

「ひゃっ!? は、はい！」

声をかけるとビクッと驚きながら俺を見る。

「無理にとは言わないけど、どうする？」

「わ、わたしもフレッドさんのお傍にいたいです！」

彼女はそう言うと俺のほうへ近づいてきた。

「赤ちゃんを作るとか、そういうことはまだ分からないですけど……」

「そっか。別に難しく考えなくていいんだよ」

とはいえ、他のふたりに比べれば幼く見える彼女も女性としての能力は持っている。

きちんと考えるときが来るまで、しっかり避妊をしておかないと。

幸いシェイナさんに回復魔法を教えてもらったとき、ついでに教わっている。

彼女を抱き寄せると魔法をかけた。

「フレッドさん、あの……」

魔法がきちんと発動したことを確認すると、リリーが俺の顔を見上げてくる。

「キス、してくれますか？」

そう言えば、今日はまだオリガともしていない。

彼女の言葉で気づいたのか、ハッとこちらを見る。

「早い者勝ちだな」

悔しそうなオリガを横目に、俺はリリーへキスした。

「んっ、はぁっ……フレッドさんとのキス、ドキドキします……」

互いに唇を押し当てて感触を楽しむ。

リリーはうっとりした表情で、とても嬉しそうだ。

「むぐ……いいわよ、ここから挽回するもの！」

「ふふ……たっぷり気持ちよくしてアピールしないとね」

リリーに負けじと、ふたりも行動し始めた。

体を押しつけながら、俺の色々な部分へ手を回してくる。

もちろん、俺もお返しに彼女たちの体を愛撫していった。

そのまま10分ほどは、お互いの体をまさぐり合う。

敏感な部分に触れて次第に興奮し、体が熱くなっていく。

全員が同じように呼吸も熱く荒くなって、誰もが興奮しているのが分かる。

俺も彼女たちも相手に触れている指先は、興奮からあふれ出した液体で濡れていた。

「はぁ、はぁっ……フレッド……」

隣にいるオリガが切なそうな視線を向けてくる。

どうやらもう我慢できないらしい。

それは俺も同じだった。

彼女たち三人の魅力を間近でアピールされて、セックスしたくてたまらなくなっている。

「ふふっ、私も我慢できなくなってきちゃったわぁ」

「わたしもです……」

シェイナさんとリリーも同じように熱い視線を向けてきた。

「じゃあ、そろそろ始めようか」

そう言うと、三人ともが頷く。そして、いったん俺から離れてベッドのほうへ向かっていくと、それぞれにベッドに寝転がる。

目の前で横になった三人が、思い思いに誘惑してきた。

「どうしたの、こっちは準備万端よぉ？　せっかく四人いるんだから、仲良く楽しみましょう？」

豊満なボディラインを見せつけながら、シェイナさんが誘ってくる。

口調こそいつもののんびりしたものだったけれど、目の奥には興奮の炎が宿っていた。

「わたしもっ！　おふたりほど上手くできないかもしれませんけど、頑張りますっ！」

健気さを感じさせる声はリリーのものだ。

若干緊張しながらも、精いっぱい俺にアピールしようと視線を向けてくる。

「ねえ、いつまでもそこにいないで、こっちに来たら？　待ってるんだから」

そう言って正面から声をかけてきたのはオリガだった。

普段プライドが高く気を使う彼女も、ベッドの中では年相応に可愛らしい。

快楽を覚え、これから起こることに期待してか頬を赤らめている。

油断をすると彼女たちに全て搾り取られてしまうかもしれない。

俺は覚悟してベッドへ上がっていった。

「それで……だれから相手をしてくれるのかしら？」

シェイナさんが問いかけてくる。

「それは……」

俺は答えに詰まってしまった。全員魅力的だし迷ってしまう。

そんな俺に声をかけてきたのはオリガだった。

「そんなの、あたしからに決まっているでしょう？」

普段通り自信満々に言い放つ。

自分が選ばれると信じて疑っていないようだった。

「うぅ……じゃあ、その次はわたしにしてくださいねっ！」

「あらあら、私は最後かしらねぇ……」

リリーとシェイナさんも、最初はそれでいいらしい。

順番を譲っても、オリガが独り占めしないと分かっているんだろう。

その信頼関係が少し羨ましいなと思った。

「じゃあ、オリガからするよ」

そう言って彼女に近づいていく。手を動かして彼女の下着をずらし、両手で腰を引き寄せる。

「んっ……乱暴にしないでよ？」

「大丈夫、分かってるよ」

オリガはもちろん、シェイナさんやリリーもいるんだ。

三人のおかげでいつもより興奮しているけれど、彼女たちが見ていると思うと理性も保ちやすい。

「オリガ、もうシーツまで濡らしちゃってるね」

「ッ！　そんなこと言わなくていいの！」

さすがに恥ずかしかったのか、彼女の目線が少し鋭くなる。

でも、こんな反応も慣れてきたからか可愛く見えた。

「じゃあ、入れるよ」

「は、早くきなさいよ。準備はできてるんだから……あっ、ん……あぁぁっ！」

ぐっと腰を前に進め、肉棒を膣内へ挿入していく。

たっぷりと濡れていた彼女の中は、すぐに俺のものを飲み込んでいった。

「くっ……！」

ヌルッと肉棒が滑り、そのまま一気に進んでいく。

最奥まで到達すると同時にオリガの体がビクッと震えた。

「ひぐっ！　ひゃっ、あうぅ……！　奥まで、入ってきたっ！」

彼女の口から嬌声が漏れる。どうやら最初からかなり気持ちよくなっているみたいだ。

あれだけ愛撫し合っていたんだから、当たり前かもしれないけれど。

でも、こうして感じているのを見るのは嬉しい。

もっともっと、乱れる姿を見たくなる。

「オリガ、動くよ！」

両手でしっかり腰を掴み、ピストンを始めた。

「あぁっ、はうっ！　いきなり激しっ……あぁぁぁっ！」

ずんずんとオリガの中をかき回すようにピストンする。

すると、膣内で愛液がかき混ざって卑猥な水音が響き始めた。

「あらあら、すごいエッチな音ねぇ。そんなに気持ちいいのオリガ？」

オリガの左で横になっているシェイナさんが、体を寄せてくる。

「はぁっ、はぁっ、んっ……シェイナ、何を……」

息を乱しながらオリガが、彼女のほうを向く。

その視線と向き合いながら、シェイナさんは微笑んだ。

「私も少しお手伝いしてあげるわ」

そう言うと、彼女は手を動かしてオリガの胸を愛撫し始めた。

「ひうっ!?　ちょっ、待ちなさいっ……やっ、あああぁっ！」

突然新しい刺激を与えられて慌てるオリガ。けれど、快感は容赦なく彼女の体を犯していった。

「だめっ、これっ！　体が溶けちゃうっ！」

気持ちよさそうな声を上げながら身をよじる。

反射的に逃れようとしてしまうほどに、気持ちいいようだ。

そして、彼女が乱れていくのを見ると俺もますます興奮してくる。

「もっともっと、最後まで気持ちよくしてあげるよ！」

俺自身も呼吸を乱しながら、大胆に腰を動かしていく。

オリガの体も、すでに十分に乱れた状態だった。

当然、膣内の動きも活発になって、ヒクヒクと動くヒダが肉棒に絡みついてきていた。

「くっ、飲み込まれそうだっ！」

肉棒が膣奥へ引き込まれるような感覚が俺を襲う。

彼女の体が子種を欲しがっているようだった。

本心から求められていることに嬉しさを感じながら、より一層ピストンを激しくしていく。

「ひゃうっ！　だめっ、また勢いが……やっ、あうっ！」

オリガの体がどんどん限界に近づいていっている。

もっとも刺激を受けている腰は、特に大きくビクビクと震えていた。

もうあまり力も入れられないようだ。

「……すごいです、こんなに……」

オリガを挟み、シェイナさんの反対側でそれを見ていたリリーが目を丸くする。

彼女の前でこれほど激しいセックスをするのは、始めてかもしれない。

「リリー、怖くなっちゃったかな？」

少し心配になって声をかけた。すると、リリーは首を横に振る。

「違うんです。こんなにエッチなオリガさん、初めて見ました！」

そう言いながら手を動かして、自分を慰めるように股間へ手を突っ込んでいた。

「はぁ、はぁっ……わたしも、いつかこんなふうにされちゃうのかなって思ったら、ドキドキしちゃって……」

「……今のリリーだって、すっごくエッチだよ」

可愛らしい少女が、セックスに見とれながら自分を慰めている姿は背徳的だった。

その光景にますます欲望が刺激さてしまう。

そして、膨れ上がったものはそのままオリガに向かわせた。

「オリガッ！　このまま最後まで犯しまくって、奥にたっぷり出してあげるからっ！」

「んぐっ……当たり前よ。全部あたしのものなんだからっ！」

強い刺激に全身を犯されながらも、彼女は俺の言葉に応えてくれた。

俺は最後の力を振り絞ってラストスパートをかける。

「あぐっ！　あぁっ、うっ……！」

ズンズンと肉棒で奥を突き上げると、その刺激でオリガが声を漏らした。

彼女の体が震えると同時に膣内がギュッと締めつけてくる。

その刺激が最後の引き金となった。

「つぐ！　オリガ！」

名前を呼ぶと、彼女も俺と視線を合わせる。

「フレッド、きてっ！　あたしもうっ……あぁっ、イクッ！」

普段は弱みを見せない彼女が、快感に体を震わせながら喘ぐ。

すでにあまり力の入らない足を動かして、俺の腰に巻きつけてきた。

彼女の気持ちを受け取って、俺は最後に思い切り肉棒を奥まで突き込んで射精する。

先端から熱い精液がほとばしり、オリガの中を白く染めていく。

同時に彼女が絶頂の嬌声を上げた。

「つあああぁぁあぁっ！　きてるっ、中にぃっ！　イックウウゥウゥウゥッ!!」

ガクガクッと腰を震わせ、目を見開きながら絶頂するオリガ。

膣内もギュウギュウと肉棒を締めつけてくる。

「うぐっ、最後まで出すよっ！」

その刺激に促されてさらに、大量の精液を吐き出していった。

数十秒後、ようやく絶頂の波が過ぎ去る。オリガは完全に脱力してしまっていた。

「あぅ、うぁ……」

この分だと、しばらくは話も出来なさそうだ。

俺が肉棒を引き抜くと、ぽっかりと空いた膣口から精液があふれ出てくる。

「あら、こんなにたくさん……いっぱい出してもらったのねぇ」

間近で痴態を見ていたシェイナさんが微笑む。

表情こそ普段通りに見えるけれど、その瞳には情欲の火が燃え滾っている。

「ねぇ、フレッドくん。やっぱり次は私とエッチしない？」

どうやらオリガとのセックスを見て、我慢できなくなったらしい。

そんな彼女を見てリリーが慌てて声を上げる。

「つ、次はわたしですよっ！」

「あら、リリーもしてほしくなってきたのかしらぁ？」

楽しそうに笑みを浮かべるシェイナさん。反対にリリーは顔を赤くしていった。

「うぅ……だって、お腹の奥がウズウズして止められないんです……」

恥ずかしさを感じると同時に、欲情もしているようだ。

俺のほうへ何かを求めるような視線を向けてくる。

「フレッドさんっ！」

「ねぇフレッドくん、どっちから相手をするつもり？」

彼女たちから求められて、今さっき射精したばかりの肉棒にまた血が集まっていくのを感じる。

これならまだまだいけそうだ。

「大丈夫、ふたりとも寂しい思いはさせませんよ」

俺はそう言うと、ふたりの手を取って抱き起す。

彼女たちは嬉しそうに抱きついてきた。

「……男明利につきるけど、これから大変になりそうだなぁ」

積極的に俺を求めてくる魔女たちを見て、俺はそうつぶやいた。

そして、その予感は的中する。

今日を境としてオリガたち三人のアピールはますます大胆になり、本格的に俺を伴侶にしようと競い合い始めるのだった。

第三章　子種争奪バトル

その日、俺はオリガとリリーを連れて三人で森に入っていた。

主な目的は普段通りの森の見回りだ。

結果は良好。特に異変もなく平穏なことが分かった。

巡回以外の時間は、魔法の訓練も兼ねている。

一通り森の見回りが済んだところで、開けた場所に移った。

「いきます！　『ファイアランス・バースト』！」

リリーが声を張り上げると同時に、魔法を放つ。

三連続で放たれた炎の槍が、目標の岩へと見事命中した。

「や、やりました！　ついに成功ですっ！」

「凄いよリリー、たった一週間で新しい魔法を身につけるなんて！」

俺は拍手して彼女を称賛する。

実際、こんな短期間で新しい魔法を発動させるのは凄い。

彼女の努力はもちろん、豊富な魔力量という才能も大きいだろう。

魔力が多ければ、それだけ他人より魔法の訓練が出来るんだから。

「でも、まだ一回成功しただけじゃない。油断していると事故が起きるわよ」

一方、俺の隣で見ていたオリガは冷静にそう言った。

「確かにそうだね」

一度成功したからと油断しているときは、ミスが起きやすい。

単に不発するならまだしも、暴発してしまったら大惨事だ。

特にバースト系の魔法は込める魔力が大きい。

もし暴発してしまったら、術者はもちろん味方にまで被害が及ぶだろう。

パーティーを率いる彼女の立場からすると、確かに不安に思えるかもしれない。

ただ、リリーのほうは自信があるようだった。

「大丈夫です、きっと使いこなしてみせます！」

両手をギュッと胸の前で握ってアピールする。

そんな彼女を見て、オリガはフッと笑みを浮かべた。

「そう。少し前だったら不安だったけど、今のリリーがそう言うなら大丈夫かもね」

「はい！」

「リリーもだいぶ自信がついてきたみたいね」

「オリガさんとフレッドさん、それにシェイナさんのおかげです」

メインの特訓相手は俺だけど、オリガやシェイナさんも手が空いているときは手伝ってくれていたのだ。

リリーのことをよく知っているふたりのアドバイスは、的確なものだった。

おかげで特訓のスピードも上がり、課題だった魔力の扱いもほぼ克服できた。

その結果が、一週間で新しい魔法の習得という成果だ。

ふたりの話を聞いていると、俺はふとあることを思い出す。

「そういえば、オリガも新しい魔法の特訓をしていなかったか？」

確か、少し前から家の隣にある倉庫に出入りしていたはずだ。

そこは、俺の両親が残した魔法の資料などがあるところだった。

リリーに魔法の特訓をしたりする中で、彼女たちにも利用してもらっていたのだ。

「ええ、フレッドが資料を見せてくれたおかげでだいぶ進んだわ。でも完成するまで秘密よ」

どうやらまだ未完成のようだ。

オリガのことだから、きちんと完成するまでは人目に触れさせたくないんだろう。

俺は納得して頷いた。

「じゃあ、そろそろ帰らないか？」

森の見回りをして、魔法の特訓もして、そろそろお腹が空いてきている。

今日は弁当を持ってきていないので、一度家に帰る必要があった。

「分かったわ。でも、その前に汗を流したいわね」

「あ、賛成です！　思ったより暖かかったので……」

オリガの言葉にリリーも賛同する。

「そういうことなら分かったよ」

反対する理由もなかったので、彼女たちを近くの小川へ連れていくことに。

ものの数分で目的地に到着した。

「わー！　綺麗なところですね！」

「確かに風情があるわね」

リリーは、初めて見る場所にテンションが上がっているようだ。

オリガも心なしか、目が輝いているように見える。

「綺麗だろう？　お気に入りの場所なんだ。安全だしね」

この辺りはちょうど魔物の縄張りから外れている。

「じゃあ、あたしたちが体を流している間の見張りをお願いね」

「あぁ、分かってるよ。心配しなくて大丈夫」

一応、周りに侵入者があれば警報が鳴る魔法を設置しておこう。

彼女たちと別れて周囲に魔法を設置していく。

それから数分したころだろうか、ふたりのいるほうからバシャバシャと水音が聞こえてきた。

「遊んでるのかな？」

魔法が発動していないから大丈夫だろうけれど、一応耳を傾ける。

すると、ふたりの声が聞こえてきた。

「きゃっ！　ちょっとリリー、冷たいじゃない！」

「あっ、ごめんなさいオリガさん！」

「もう、気をつけなさいよね」

どうやら大丈夫そうだ。そう考えて周囲の警戒に戻る。

そのとき、オリガから声がかかった。

「ねえフレッド、ちょっとこっちに来てくれない？」

「どうかしたのか？」

「いいから早く！」

そう言われ、取りあえずふたりのところへ向かっていく。

「いったい何が……って、うわっ！」

小川に着くと、そこには一糸まとわぬ姿のふたりがいた。

俺は反射的に視線をそらす。

水浴びをしていたのだから当たり前だと思う。

でも意識としては、ばったり彼女たちの水浴びに出くわしてしまったかのようだ。

今はオリガのほうから呼んだのだけど。

せめて何かで体を隠しているだろうと思っていただけに驚いた。

オリガのことだから、俺に裸を見られたことを怒るだろうか……。

「何よ、あたしたちの裸は見たくないってこと？」

しかし、投げかけられたのは思っていたのと正反対の言葉だった。

「えっ？　いや、そんなことはないよ。ただ、断りもなく見るのは悪いと思って」

「ふむ……まあ、それもそうね」

彼女は納得したようにうなずく。それにしても堂々とした態度だ。

少し前だったら、顔を真っ赤にして俺に魔法を放ってきたかもしれないのに。

それどころか、オリガはそのまま俺のほうへ近づいてきた。

「まだお昼まで時間はあるでしょう？」

「まあ、少しは余裕があるかな」

あまり遅くなると、ご飯を用意しているだろうシェイナさんを待たせてしまう。

けれど、30分くらいなら時間があるだろう。

「じゃあ、ちょうどいいわね」

すると、オリガは笑みを浮かべて俺の腕を掴んだ。

「オ、オリガ？　どうするつもりなんだ？」

「ふふっ、そんなの決まってるじゃない」

俺はそのまま引っ張られて、小川のほうへ連れていかれてしまう。

ジャバジャバと足が水に浸かった。

俺もついさっきまで運動していたので、冷たくて気持ちいい。

けれど、それよりオリガと……そしてリリーに意識を奪われてしまう。

ふたりともスタイルのいい肢体を俺の前に晒していた。

「ねえフレッド、この状況で何もしないつもりかしら？」

オリガは楽しそうな表情をしながら視線を向けてくる。

一方のリリーは少し恥ずかしそうにモジモジしていた。

「わ、わたしは……その、お邪魔でなかったらいっしょにいたいです……」

控えめだけれど、こっちもやる気のようだ。

あの夜以来、一気に積極的になった彼女たちは、こうして毎日のように俺を誘惑してくる。

もちろん、男として魅力的な女性からのお誘いを断れるはずがなかった。

「あんまり長引かせて、シェイナさんに怒られないようしないとね」

そう言いながらふたりに近づいてく。両手をそれぞれ彼女たちの腰に回し、優しく抱き寄せた。

すると、ふたりも自分から体を寄せてくる。

「フレッド、キスして」

「ああ」

オリガの言葉に応じて顔を動かす。

「ん、ちゅっ……はぁっ！」

ゆっくりと互いに唇を押しつけてキスした。ほんのり甘い感じがするのは気のせいだろうか。

こうしているだけで徐々に興奮してきてしまう。

「フレッドさん、わたしのほうも見てくださいっ」

オリガとキスしていると、リリーも自分をアピールするように胸を押しつけてきた。

シェイナさんには一歩劣るけれど、その大質量は圧倒的だ。

「うぉ……やっぱりすごい」

柔らかさと質量感、それにしっとりした肌触りまで最高だ。

すでに興奮してきているのか、硬くなった乳首がアクセントになっている。

「もちろんリリーのことも忘れてないよ」

オリガの次は彼女ともキスする。

そして、そのまま互いに愛撫していくと、どんどん気分が盛り上がってきた。

互いに下半身に熱が籠って、呼吸も荒くなってくる。

「はぁっ、はぁっ……フレッドさん、もう我慢できませんっ！」

先に求めてきたのはリリーのほうだった。

内股になって、少し涙目になっている。

「じゃあ、そろそろかな。オリガもいい？」

「んぅ、ふうっ……ええ、大丈夫よ」

一見普通そうに見えるけれど、彼女のほうもかなり感じているはずだ。

その証拠に、愛撫に使った俺の指先がドロドロになっている。

「ふたりとも、そっちの岩に手をついてくれるかな」

彼女たちは俺が言ったとおり移動する。

そして、大きめの岩に手を突くと俺にお尻を向けてきた。

「……うん、すごく綺麗だよ。滅茶苦茶興奮する」

右にオリガ、左にリリーのお尻が並んでいた。

どちらも真っ白でシミ一つなく、興奮で汗に濡れている。

お尻の谷間の奥には、汗とは違う液体で蕩けた秘部が見えた。

「あんまりジッと見られると、さすがに恥ずかしいのだけど……」

振りかえったオリガがジト目で睨んでくる。

「ごめん、すっかり見とれてたよ」

そう言って謝ると、さっそく事を始める。

彼女たちはもちろん俺も準備できているから、あとはもう体を繋げるだけだ。

「どっちから先にしてほしい？」

問いかけるとふたりが顔を見合わせる。

「……リリーが先でいいわよ」

「はぁ、ふぅ……えっ、いいんですか？」

ふたりを比べると、明らかにリリーのほうが辛そうだった。

普段自己主張の強いオリガだけど、さすがにこんな状態のリリーは見過ごせないらしい。

「優しいリーダーだね」

「べ、別にフレッドに褒められるためじゃないわよ！」

「分かってるよ。オリガにもすぐ入れてあげるから」

そう言いつつ、俺はまずリリーのほうへ挿入し始める。

肉棒を押し当ててぐっと前に動かすと、一瞬で奥まで入り込んでいった。

「ひゃううぅぅっ！　すごいっ、一気に来ましたっ！」

「すごい、中もトロトロだ！」

外から見ていて、ある程度想像していたけれど、その想像以上だった。

ヒダが絡みついて、すぐ精液を搾り取ろうとしてくる。

「くっ……！」

欲望の塊がこみ上げてくるのを堪えながら腰を動かした。

リズムよくピストンしていくと、それに合わせて嬌声が響く。

「ひゃっ、あうんっ！　はぁ、はぁ、ひあぁぁっ！」

入れた時点でかなり感度が高くなっていたようだ。

あまり激しくすると刺激が強すぎると思い、ピストンを調節していく。

「はひっ、あぁ、あうぅぅっ！　すごいっ、頭の中が蕩けちゃいますっ！」

気持ちよさそうな声を上げながら腰を震わせるリリー。

あの初心だった彼女がここまで喘ぐようになるなんて、最初は想像もできなかった。

けれど、現実にはこうして俺の前で乱れている。

自分がここまでエロくしたのだと思うと、余計に興奮してきた。

「……フレッド、あたしのこと忘れていないでしょうね？」

そのとき、横からオリガの声が聞こえる。

「ああ、もちろん。忘れてないよ」

リリーに夢中になって彼女のことを忘れてしまったら、きっと酷いことになるだろう。

おかげで興奮している中でも理性を保っていられた。

俺はリリーの膣内から肉棒を引き抜くと、今度はオリガへ挿入していく。

「行くよオリガ」

「んあぁっ……！　来るっ、奥までっ……はうっ！」

リリーと同じように彼女の中も濡れていた。

単純な濡れ具合なら、こちらのほうが上かもしれない。

けれど同時に、肉棒を締めつける力も強かった。

「くっ、もっていかれそうだっ！」

肉棒全体をギュッと締めつけて、精液を絞り出そうとしてくる。

その刺激に思わず声を漏らしてしまった。

なんとかこみ上げてくるものを押さえ込んで、腰を動かしていく。

「あうっ！　中までかき回されるっ……はぁ、はひぃっ！」

ピストンの回数が重なるたび、オリガの嬌声も高まっていった。

その声にますます興奮して、また腰の動きが速まってしまう。

「はぁ、はふぅっ！　これっ、腰とろけるっ！」

すでにオリガは目の前の岩に縋りついていた。

そうしないと体を支えられないほどの快感に襲われているからだ。

「うぅ……フレッドさん……」

オリガの嬌声を聞いて、隣のリリーが羨ましそうな表情になっている。

俺を求めてくるその姿に心臓がドクドクと高鳴ってきた。

「ふたりともいっしょにしてあげるよ」

俺はオリガとリリー、彼女たちを交互に犯していく。

「ひゃっ、あぁぁぁっ！　こんなっ、外なのにっ！　声、押さえられないっ……んんっ、あふうぅぅうっ！」

「あきゅううぅぅぅぅっ!!　後ろからするのっ、奥まで当たって気持ちいいですっ！」

野外でのセックスに羞恥心を感じながら、それがスパイスになっているのか普段より興奮しているオリガ。

リリーのほうも、めいっぱい気持ちよくなっているようだ。

普段いっしょに暮らして日常の姿を見ているから、ギャップでより興奮してしまう。

「ふたりとも、どんどんエッチになってるね。俺ももっと頑張らないと」

こうして楽しませてもらっているんだからお返ししないと、という気持ちでより激しくピストンで刺激して、入り口から奥まで余すところなく突き解す。

すでに敏感になっている体はその刺激は余さず快感に変換する。

彼女たちはどんどん快感に溺れていった。

「あぁぁぁっ！　だめっ、だめですっ！　お腹の中が熱くて、もうっ！」

リリーがたまらない様子で悲鳴を上げた。

どうやらもうイってしまいそうらしい。

同じように、オリガの体も限界を迎えていた。

「ううっ……はぁ、あぁぁっ！　イクッ、んんんぅぅ……ッ‼」

秘部からは愛液と先走り汁の混じった液体を垂らしている。

大きな胸はピストンの度に揺れ、時折岩に押しつけているようだった。

そのふたりの乱れように、俺もゾクゾクと腰から興奮の塊がせりあがってくるのを感じる。

「くっ……俺もイクよ！」

その言葉と同時にラストスパートをかけた。

全力を絞り尽すように激しくふたりを犯す。

彼女たちは体を寄せ合いながら、とろけるような快感の中で絶頂した。

「はひぃぃっ⁉　やっ、あああぁっ！　イキますっ、イクッ、あぁぁあぁぁぁぁぁっ‼」

「イッ、ひゃううぅぅっ！　イクのっ！　フレッドッ！　イックウウウゥウウゥッ‼」

絶頂と同時に膣内が思い切り締めつけてきた。その刺激で俺も射精してしまう。

肉棒が膣内で跳ね、ドクドクッと精液をふたりの奥へ注ぎ込んでいった。

「うぐ……最後まで、搾り取られるっ……」

ふたりの体は、本能的に子種を求めているように動いていた。

最後まで出し切った後は、かなりの疲労感を覚えてしまうほどだ。

「ふぅ……」

なんとか一息ついて目の前のふたりを見る。

そこには、ぐったりした様子で岩によりかかる姿があった。

二つの綺麗なお尻が並んでいるのは、やはり良い。

それに加え、彼女たちの股からは中に収まりきらなかった精液が漏れ出ている。

ふたりの体を征服したという満足感があった。

「はぁ……はぁ……もう無理ですぅ……」

「んっ、ふぅ……あんなにイっちゃうなんて……」

どうやら満足してくれたようだ。

良かったと思いつつ、同時にあまりのんびりは出来ないなと思う。

予想以上に時間を使ってしまったので、早めに家に帰らないと。

そう考えながら、俺は少しだけ休憩しつつ目の前の光景を楽しむのだった。

◆　◆

ある日のこと。

俺はシェイナさんとリリーを連れて、近くの村へ買い出しに出ていた。

俺の家には畑もないので、あそこだけで生活することはできない。

食糧やその他の物資を村で手に入れる必要があった。

もちろんタダという訳じゃない。俺たちのほうから持っていくのは魔物の素材だ。

魔物の体は殆どが人間にとって役に立たない。

けれど、僅かに使える部分もあり、そこは普通の動物より高品質な素材となるからだ。

「オヤジさん、こんにちは」

村の中で唯一の商店へ入っていく。

奥から顔なじみの店主のおじさんが顔を出してきた。

「おお、フレッド。よく来たな。お嬢ちゃんたちも元気そうでなによりだ」

「こんにちは、またお世話になりますねぇ」

「こ、こんにちは！」

シェイナさんたちも、すでにこの村には何度か来ている。

俺と会う以前にも通過しているとはいえ、村人全員が知り合いなので、よそ者は目立ってしまう。

そもそも、俺以外に魔法使いなんていなかったほど辺境の村なのだ。

俺がいっしょに来ることで顔を繋いでおいて、彼女たちだけでも問題なく村を訪れられるようにするのが目的だ。今のところ、その狙いはうまくいっていると言える。

「もうひとりのお嬢ちゃんは、どうしたんだい？」

「オリガなら、今日は家で魔法の研究をしていますよ」

最近成長著しいリリーに影響されてか、オリガも新しい魔法開発に熱が入っているらしい。

「そうか。俺としちゃ、お嬢ちゃんたちが来てから納品も多くなってて助かるよ」

人数が多くなったことで、結果的に倒す魔物の数が多くなった。

そうなると使える素材の数も増えてくる。

ここ最近は普段の五割増しくらいで素材を納品しているだろうか。

もちろん、あまり狩りすぎて森に影響が出ないよう注意はしている。

「こっちも人数が多くなったから、いろいろと多めに分けてもらって助かってます」

例えば食料。

全員女性だから男の俺より食べる量は少ないけれど、それでも三人分だ。

他にも女性ならではの必需品もあるから、この村の助けがなければ生きていけない。

その代わり俺は、村を魔物から守っているから持ちつ持たれつだ。

「今日は買い物が終わったら、もう帰るのか？」

「ええ、そのつもりなんですけど、ちょっと空模様が……」

「だったらなおさら早くしたほうがいいな」

俺は会計を終えると、シェイナさんたちを連れて外に出る。

そのとき、ぽつぽつと雨が降り始めた。

「あちゃー、遅かったか……」

思わず頭に手を当ててしまう。

そんな俺に、シェイナさんが声をかけてきた。

「フレッドくん、この様子じゃこれから雨脚が強くなってきそうよ。まいったわねぇ」

空を見ると、確かにどんどん雲が厚くなっていくのが分かった。

辺りはすっかり薄暗くなってきている。

シェイナさんの言う通り、これからさらに激しくなりそうだ。

「……わたしたち、帰れるのでしょうか？」

反対側から不安そうなリリーの声が聞こえた。

魔法を使えば雨に濡れずに歩いていくことは可能だ。

けれど、今日は四人分の食料に加えて日用品まであるので、かなり荷物がある。

これらをすべて濡らさないよう守りながら歩くのは危ない。

道は都会のように舗装されていないし、ぬかるんでしまえば最悪だ。

出来れば雨が上がってから動きたい。

「今日は帰るのを諦めたほうが良さそうだね。村の宿屋に泊まろう」

幸い、村には一つだけ宿屋があった。

旅人が来ているという話もないので、空いているだろう。

「じゃあそうしましょうか。オリガへは私が連絡を入れておくわ」

こうして、俺たちは村の宿へ泊まることになったのだった。

「まあフレッドじゃない！　久しぶりね！」

「女将さん、お世話になります」

宿屋の女将さんとも長い付き合いだ。

昔、両親が女将さんの息子を治療した縁で、今でも何かと融通を聞かせてくれる。

今日も事情を話すと、俺たちのことを歓迎してくれた。

「部屋はいつでも使えるようにしてあるから、好きなところに泊まってくれていいよ」

「ありがとうございます」

「ふふっ、今夜は大きめの部屋を使ったほうがいいんじゃない？」

俺の後ろにいるふたりを見ながら、からかうように言ってくる。

「ちょっと、余計なお世話ですよ。もう……」

振り返るとシェイナさんは楽しそうに笑みを浮かべ、リリーは少し顔を赤くしていた。

とりあえず階段を上がって荷物を部屋に運び込む。

なかなかの大荷物だったので運ぶのも苦労だ。

全て部屋の中に入れたところで、椅子に座って一息つく。

「俺はこっちの部屋を使うよ。シェイナさんたちは隣を使ってくださいね」

「あら、いっしょの部屋じゃダメなのかしら？」

シェイナさんが俺の隣にやってきて、肩に手を置くと少しかがむ。

彼女の顔がちょうど、俺の顔のあたりに来てドキッとしてしまった。

「いや、シェイナさんたちも疲れてるでしょうし……」

「このくらいなら大丈夫よ。オリガといっしょに仕事でいつも苦労していたもの」

そう言うと彼女は俺の肩を掴み、持ち上げるように動かした。

「え、ちょっと……うわっ！」

俺はそのまま腕を引っ張られて、ベッドのほうへ連れていかれてしまう。

「シェイナさん、いきなりどうしたんですか？」

そう問いかけると、彼女はニコリと笑う。

「せっかくのチャンスだから、フレッドくんにきちんと私のことをアピールしようと思っただけよ」

「アピールって、今更そんなことしなくても……」

シェイナさんが魅力的な女性だということは十分に分かっている。

見た目だけじゃなく、中身も面倒見がよくて素敵だ。

昔の流行り病の影響で、俺にはこういったお姉さんと接した経験がなかったから、なおさらそう感じてしまう。

「そう言ってくれるのは嬉しいわ。でも、オリガもリリーも強力なライバルだもの」

シェイナさんの視線がリリーのほうへ向く。

「わ、わたしですかっ!?」

彼女も自分の名前を出されるとは思わず、驚いている様子だった。

「ふたりとも最初はフレッドくんとの関係にそれほど興味なさそうだったのに、今じゃすっかり夢中になってるわ」

「うぅ……それはっ……」

言い返すことが出来ずに、顔を赤くするリリー。

予想外のことが起こると上手く対処できずに、オドオドしてしまうようだ。

最近は積極的にエッチするようになってきたけれど、やっぱり元々の性格は変わらないらしい。

「ふふっ、そんなに緊張しなくていいわ」

そんな彼女にシェイナさんが声をかける。

「幸い今夜はここで一泊するんだから、その間は、いっしょにフレッドくんに可愛がってもらいましょう？」

「……いいんですか？」

リリーが控えめに問いかける。

シェイナさんは俺にアピールしたいと言っていた。

だから、自分がいたら邪魔なんじゃないかと思ったんだろう。

「そんなことないわ。だってリリーはいっしょに困難を乗り越えてきた仲間でしょう？」

「うぅ……ありがとうございますっ」

シェイナさんの言葉には素直な気持ちが込められているように思えた。

元々パーティーである彼女たちには、俺の知らないところで築かれた信頼関係がある。

それは当たり前のことだ。

でも、少しだけ嫉妬してしまう気持ちもあった。

「リリーもこっちに来てくれないかな？」

「は、はいっ！」

俺が声をかけると彼女は早足で近づいてきた。その健気な反応もリリーらしくて可愛い。

「じゃあ、今夜はふたりをいっしょにしてあげるよ」

そう言いながら、まずはシェイナさんをベッドへ押し倒す。

「あんっ！　フレッドくん、急に積極的になったわねぇ」

「そう言うシェイナさんは、さっきより嬉しそうですよ」

俺がやる気になったことが嬉しいんだろうか？

だとすると、思い切り気持ちよくしてあげたくなってくる。

「体に触れますよ」

一言断ってから愛撫を始めた。

最初に服をはだけつつ、胸や太ももといった敏感な場所へ手を這わせる。

「んぅっ……」

元々そのつもりだったから、シェイナさんの体はいつもより反応がいい。

右手で乳房を揉みほぐし、左手で太ももを撫でる。

「はぁ、はうっ……フレッドくん、すごく上手ねぇ」

「最近は少し慣れてきましたから」

三人にそれぞれ求められて、俺のテクニックも多少だけれど上達していた。

「ねぇフレッドくん、キスしてくれるかしら」

「いいですよ」

顔を近づけ、俺のほうから唇を重ねる。

「んぅっ……ちゅ、れろぉ……はむぅ……んっ！」

少しだけ普通のキスをした後は、すぐシェイナさんの舌が俺の口に入ってきた。

お互いに舌を絡め合い、気分を盛り上げていく。

「はぁっ、はぁっ……体が熱いわぁ！」

シェイナさんは肌が上気し、息も荒くなっていた。

その艶姿に俺も自分の下半身へ血が集まっていくのを感じる。

そのとき、背後から肩を掴まれる。

「ん？」

振り返るとそこにはリリーがいた。

目をウルウルさせて、今にも泣きそうになってしまっている。

「わ、わたしもごいっしょさせてくださいっ！」

「そっか、ごめんねリリー。少し目の前に夢中になってたみたいだ」

彼女を抱き寄せると、謝罪するようにキスする。

「んっ!?　はふっ……ちゅっ、はぁ……」

唇を重ねると一瞬だけ驚いた顔をするリリー。

けれど、すぐ気持ちよさそうな表情に変わっていった。

「リリーもだんだん綺麗になっていくから、見とれちゃうよ」

三人の中でも、いちばん色恋沙汰に疎かったリリー。

けれど、今では自分から求めてくるまでになっている。

俺が手を動かして愛撫を始めると、リリーも俺のものをズボン越しに撫でてきた。

「あぅ……フレッドさんの、もうこんなに大きいです……」

恥ずかしそうに顔を赤くしながらも手は止まらない。

初心さといやらしさの入り混じった姿に、俺の興奮はより高まっていった。

「シェイナさん、リリー、もう我慢できないよ」

どちらかひとりでも十分すぎるほど興奮してしまうのに、ふたりいっしょにだと止められない。

「私もフレッドくんがほしいわ」

「はぁ、はぁっ……フレッドさんっ！」

物欲しそうな視線に下半身がより熱くなる。

「じゃあ、シェイナさんはそのまま横になって。リリーはその上に」

俺に言われた通り、シェイナさんの上に四つん這いでまたがるリリー。

上下で抱き合うような形となり、俺の前に重なった下半身が現れる。

「……すごいな」

ふたりの体は普段から見ているつもりだ。

けれど、こうして重なっているのを見ると普段以上のボリュームに見えてドキドキしてしまう。

抱き合う形だから、秘部を押しつけ合うようにしているのもエロい。

俺はリリーの愛撫で硬くなった肉棒を取り出すと、ふたりへ近づいていった。

「ねえ、はやくちょうだいっ！　もう我慢できないのぉ……」

「フレッドさんっ……はやく、欲しいですっ……！」

ふたりともそれぞれ物欲しそうな視線を向けてきた。

どちらの体も十分すぎるほど濡れていた。気持ちよく俺を受け止めてくれるだろう。

俺は僅かに迷った後、先にシェイナさんのほうへ挿入していく。

「ひゃぐぅ！　あぁっ！　来てるっ、フレッドくんのが中にぃっ！」

ズルリと肉棒を挿入した途端、膣内が大きく震えた。

それほど俺を待ち焦がれていたということだろうか。

嬉しいと思うのと同時に、腰を動かし始めてしまう。

「はあぁぁぁあぁっ！　すごいわっ！　奥まで満たされるっ！」

ズンズンと肉棒を突き込むにつれ、彼女の喘ぎ声は大きくなっていった。

多少おもいきり動かしても、全ての刺激を快感に変えてしまっているようだ。

「すっごくエロいですよ。それに、リリーも……」

シェイナさんを犯しながらも、俺の目の前にはリリーのお尻があった。

片手を伸ばして、小ぶりだけれど美しい形のそれを揉みしだく。

「ひゃっ！　あぅ、んんっ！　わたしのお尻っ……あぅ！」

「リリーのお尻、スベスベしてて気持ちいいね」

腰を動かしながらその感触を楽しむ。

俺はそれだけでも十分気持ちいいけれど、リリーはだんだん我慢できなくなってくるようだ。

「わ、わたしともエッチしてくださいっ！　もう頭の中も気持ちいいのがグルグルして、止められないんですっ！」

大きく嬌声を上げながら求めてくるリリー。

俺は望み通り、彼女の中にも挿入していく。

「あぁっ、ひゃううぅぅっ！　あんっ、いきなり奥までぇっ！　気持ちいいですっ！」

ズンと肉棒を突き込むと、その拍子に結合部から愛液が溢れてくる。

そのまま足を伝って、シーツを汚してしまうほどの量だ。

どれだけリリーが感じているのか分かった。

「はぁっ、はひぃぃっ！」

「リリー、大丈夫か？」

少し心配になって問いかけると、彼女はうっとりした表情で答えた。

「はぁはぁっ……これ、すごく気持ちいいです……フレッドさん……」

「ッ！」

その淫らな表情に思わず息をのんでしまう。そして、俺はまたピストンを再開した。

パンパンと彼女たちふたりへ交互に腰を打ちつける。

限界まで張り詰めた肉棒で膣内をかき乱していった。

「ひぁっ！　あうぅっ！　ひゃあああぁっ！」

「あぁ、いいっ！　フレッドくんのこと、いちばん深くで感じられるのぉっ！」

リリーもシェイナさんも、思い思いに嬌声を上げていた。

「あぅっ、あぁぁっ！　はひっ、はひぃぃぃぃぃぃっ……気持ちよくて蕩けちゃいますっ！」

「んんっ……あらあら、本当にトロトロでかわいい顔ねリリー。わたしも……んっ、はぁっ！　体がどんどん熱くなってきちゃうわぁ」

上下に重なっているふたりの膣へ、交互に肉棒を挿入していく。

中に入れる度に全力で歓迎の締めつけをしてもらうから、もう限界が近い。

それでも、まず気持ちよくなるのは彼女たちだと、力を込めて腰を動かす。

すると、徐々にふたりの息も荒くなってくる。

「ひぐっ、んあぁぁっ！　気持ちいいっ、気持ちいいですっ！　体が浮いちゃいそうですぅっ！」

「ふふっ、しっかり捕まえておいてあげるわリリー。でも……ひうっ！　んあぁぁあぁぁっ!!　私もっ、限界かもしれないわぁ」

ふたりの呼吸がどんどん速くなっていく。

それに合わせて、膣内の締めつけもより激しくなっていった。

「はぁ、くっ……ふたりとも、最後はどうしてほしい？」

だいたい予想はついているけれど、あえて問いかける。

「もちろん中よぉ！　奥に、フレッドくんの子種をちょうだい！」

「わたしもっ、フレッドさんの熱い精子が欲しいですっ！」

すると、彼女たちは間髪入れずに答えてきた。その言葉に俺は笑みを浮かべてしまう。

「ああ、思いっきり注ぎ込んであげるよっ！」

俺も興奮で声を大きくしながら腰を振る。

腰の奥で滾っていた欲望の塊が、一気にせり上がってきた。

そして、そのままふたりの中にぶちまける。

「イクよ！　くっ……!!」

腰がドクンと大きく震え、続いて白濁液が彼女たちの膣内を白く染め上げていった。

「はひぃっ!?　熱いっ、あぁぁぁっ！　イクッ！　私もイっちゃうのっ！　ああああぁぁぁっ!!」

「あぁ、フレッドさんが中に入ってくるっ!!　だめっ、イクッ、イッちゃうううぅぅううっ!!」

絶頂と共にふたりの体も震える。

そして、彼女たちはそれぞれ目の前の相手に抱きついた。

そうして、自分を見失いそうな快楽の波を耐えているようだ。

数分後、ようやく落ち着いたころにふたりとも脱力する。

俺は肉棒を引き抜くと、目の前に現れた光景に視線が釘付けになってしまった。

ぢゅぷ♥
ぞくっ♥
ぢゅぽッ♥
ぞくぞく♥
はっ♥
はっ♥
ぢゅぽ♥
ごぷ♥

「はは、すごいなぁ……」

リリーからこぼれた精液が滴り落ち、シェイナさんのものと混ざっている。

その背徳的な光景は、普通拝めるようなものじゃない。

「うぅ……」

「おっと、いけない」

俺はまた興奮してしまいそうになったけれど、ふたりから聞こえたうめき声で正気に戻った。

「シェイナさん、リリー、大丈夫かい？」

声をかけると、幸いにも気を失ったりはしていなかった。

激しい行為と興奮の影響で、疲れが溜まってしまっているらしい。

俺はふたりを介抱しながら、その日の夜を過ごすのだった。

◆　◆

日も暮れてだいぶ経ったころ。

俺は家に併設されている小屋で魔法の研究をしていた。

「むむ、ここをこうしたほうがいいかな？」

机の上に置かれているのは魔法陣だ。書かれているのは、普段も使っている警戒用の魔法。

これを改良して、より広範囲を警戒が出来ないかと考えていた。

そうすれば、村へ向かう以外の魔物も探知できる。

オリガたちがここに来ることになった原因は聞いている。

もしかしたら、隊商や旅人が魔物に襲われることを減らせるかもしれない。

「……ふぅ、少し疲れた。休憩にしようかな」

小屋には仮眠用のベッドも置いてあるので、そこへ腰掛ける。

すぐ隣に家があるんだから要らないかと思うけど、意外と便利なんだ。

本当に疲れてしまったときというのは、少し動くこともできないから。

そのとき、小屋の扉が開かれて誰かが入ってくる。

「ん？　オリガじゃないか」

「ああフレッド、やっぱりここにいたのね」

話を聞くと、どうやら俺を探して寝室まで行ったらしい。

そこにいなかったから、後はここだろうと探しに来たようだ。

「それで、何か俺に用があるんだろう？」

ベッドの隣にある椅子に腰かけたオリガへ問いかける。

すると、彼女は頷いた。

「ええ、最近フレッドも魔法の研究に忙しそうだから、プレゼントを上げようと思って」

「プレゼント？　オリガが俺に？」

意外な言葉に少し驚いてしまう。

最初に比べればずっと好意的になったオリガだけど、こういったことをされるのは初めてだ。

「別に大したものじゃないわよ？　はいこれ、ただの栄養剤だもの」

彼女が渡してきたのは、小瓶に入った紫色の液体だった。

「栄養剤……これが？」

どうみても毒物にしか見えない。

「何よ、あたしを疑うの？　魔法で調合したんだから」

「そういう訳じゃないって。いただくよ」

俺は栓を抜くと中身を一気にあおる。

「んぐっ……意外と美味しいね」

爽やかな柑橘系の味がしてけっこう飲みやすい。

少し苦みがあるけれど、こういうのが好きな人もいるんじゃないだろうか。

そんなことを考えていると、目の前にいるオリガが笑っていることに気づいた。

「ふふっ、飲んだわね」

「ああ、うん。美味しかったよ？」

どういう意図か分からず首をかしげる。すると、彼女は少しだけ呆れたような表情になった。

「前から思っていたけど、フレッドって身内には甘いのね」

「それってどういう……」

問いかけようとしたところで、また扉が開いた。

「ねえオリガ、ここにいるの？」

「シェイナさん！」

「ああ、フレッドくん！　それにオリガも、やっぱりここにいたわね」

彼女はそのまま近くにやってくる。

「ねえオリガ、あなた私の……あっ！」

そして、俺の持っている空の小瓶を見ると目を丸くした。

「……この小瓶？　さっきオリガが持ってきてくれたんだ、栄養剤だって」

「あぁ、そういうことねぇ……」

俺の言葉を聞いたシェイナさんは額に手を当てた。

まるで頭が痛いと言っているようだ。

「シェイナさん、どうしたんですか？」

「……フレッドくん、あなたの飲んだものは栄養剤なんかじゃないの。媚薬よ」

「へぇ、媚薬……えっ⁉」

俺は思わず手に持った小瓶を見下ろす。

「ふふふっ……」

そんな俺の様子を見てオリガが笑っていた。どうやら媚薬というのは本当のようだ。

「オリガ、なんでこんなことをしたんだ？」

「だって、エッチのときあたしたちばかり乱れちゃって不公平でしょう？」

「そんな理由で……」

毒じゃないのは良かったけれど、騙されてこんなものを飲まされてしまったのは少し悔しい。

けれど、そんなことを考えている暇はなさそうだ。

「くっ……」

媚薬の効果が体に回ってきた。体の芯から徐々に熱くなってくるのを感じる。

特に下半身ではその変化が顕著だった。

「フレッドくん、大丈夫？　体を害するような効果はないと思うけど……」

心配そうな表情でシェイナさんが近づいてきた。

目の前でしゃがみ込んで、俺の顔を覗いてくる。

ただ、俺の視線は彼女の顔より別の部分へ動いてしまった。

かがんだことでより強調されている大きな胸の谷間に。

「……シェイナさん」

「えっ、どうしたのかしら？　きゃっ！」

俺は彼女の腰を抱き寄せるようにしながらベッドから立ち上がる。

そして、空いているもう片方の手で爆乳を鷲掴みにした。

「あんっ！　そんな、いきなりっ……」

「すみません！　でも、体が抑えられなくて……」

目の前に魅力的な女性がいると勝手に手が伸びてしまう。

ここにいたのがシェイナさんで良かったかもしれない。

他の女性だったら大惨事だった。

「ふぅ……媚薬の効果だもの、仕方ないわね」

「ありがとうございます」

お礼を言いつつ、俺の手はシェイナさんを愛撫するために動いていた。

鷲掴みにして大きな乳房の感触を楽しみつつ、徐々に相手を興奮させるための動きに変っていく。

「んっ……はぁっ……エッチな手つきねぇ」

シェイナさんの呼吸に、色っぽいものが混じってくる。

それに加えて、抱き合っている体勢だからか互いの体が触れ合っていた。

むっちりした太ももの感触が伝わってきて、俺はますます興奮してきてしまう。

「ふふっ、だいぶたまらなくなってるんじゃない？」

「うっ……オリガ……」

シェイナさんに夢中になっていると、背後からオリガに抱きつかれる。

背中に彼女の巨乳が押しつけられ、心臓がドクンと高鳴った。

それだけじゃなく、彼女は手を前に回してくる。

片手でズボンのベルトを外し、もう片手を中に入れてきた。

「わっ、もうガチガチになってるじゃない！」

「誰のせいだと思ってるんだ？」

「それはもちろん、フレッドじゃない？　嫌なら無心で魔法のことでも考えていればいいのよ」

「こいつ……」

ニヤニヤと笑みを浮かべて俺の顔を覗き込むオリガ。

その表情を見ると、自分の手で乱れさせたくなってくる。

「オリガ、あんまり男の子をからかうと痛い目を見るわよ？」

「この体勢から、どう痛い目を見させるのかしらね」

「……言ってくれるじゃないか」

ここまで言われて黙っているわけにはいかない。

俺はなんとか少しだけ興奮を抑えて体に力を籠める。

普通にやってはふたりの力に勝てないので、ひそかに魔力を巡らせ筋力を増加した。

そして、力任せに彼女たちの拘束から逃れる。

「ひゃっ！」

「あうっ、ちょっと……きゃあっ！」

シェイナさんは軽く振り払っただけ。狙いはオリガだ。

驚いている彼女の肩を掴むと、そのまま仮眠用のベッドへ押し倒す。

「あぅっ！　フレッド、何するのっ!?」

「何って、少し痛い目を見てもらうのさ」

彼女を見下ろしながら手を動かす。

「あっ……やっ、待って！　あうっ！」

瞬く間に彼女の服をはだけさせるとそのまま愛撫に移る。

「俺のことをさんざん言っておいて、オリガだってもう興奮してるじゃないか」

俺の指先は彼女の秘部が濡れている感触を伝えてきた。

「やぅ、ひゃあぁぁっ！　だめっ、指動かさないでよっ！」

くすぐるように愛撫すれば効果は絶大だった。

「俺を手玉に取って何かするつもりだったみたいだけど、生憎だったな」

「くっ……」

下から悔しそうな視線で見つめられる。

けれど、彼女が逃れようとしても、しっかり押さえているから不可能だ。

同じように魔力で筋力を増そうとしても、上から押さえつけている俺のほうが有利。

乱暴するつもりじゃないけれど、大人しくしてくれていたほうが良い。

「オリガの体については、もうかなり分かってきたからね」

どこをどう刺激すればいいかも知っている。

「ほら、ここをこうして……」

膣内に挿入している指をクイッと動かす。

「あひゅっ!?　だめっ、そこはっ！」

それだけで彼女の口から嬌声が上がり、表情が崩れた。

続けて指を動かすと、俺の与えた快感に体がビクビクと震える。

「だめっ！　それはだめだからぁっ！　あぁっ、はうっ、ううううぅぅっ!!」

あまり広いとは言えない小屋の中で喘ぎ声が響いている。

オリガの乱れる姿を見て、俺は自分の中で欲望が高まっていくのを感じた。

ただでさえ媚薬で興奮しやすくなっている。この湧き上がってきた気持ちは抑えられなかった。

「オリガ、そろそろ始めるよ」

「うぐっ……なっ!?　そ、それっ……」

俺の肉棒を見た彼女が目を丸くしている。

「普段より大きいっ……」

「薬のせいで血が集まってるのかもね」

自分ではよく分からないけれど、彼女から見ると迫力が増しているようだ。

「じゃあ、このまま入れるよ」

「こんなの、すんなり入るわけが……」

「大丈夫、オリガならきちんと受け入れてくれるよ」

俺は彼女の足を開かせると、そのまま挿入していく。

「あうっ！　くっ……ひゃあぁっ！」

「ほら、どんどん入っていくよ！」

最初こそ少しキツかったけれど、なんとか奥まで入っていく。

これまでのセックスで俺の体に慣れてきたおかげかもしれない。

「ひうぅぅっ！　だめっ、動かないでっ！」

オリガの制止の声を無視して腰を動かす。

最初はゆっくりで、徐々にスピードを上げていった。

「はぁ、はぁっ……オリガの中、すごく締めつけてきて気持ちいいよっ！」

口では止めてと言っているけれど、体のほうは刺激を喜んでいるようだった。

いつになくビクビクと震えて、肉棒を締めつけている。

俺はその刺激を楽しみながら彼女の体を犯していった。

「フレッドくんもオリガも、すごく気持ちよさそうねぇ……」

「シェイナさん？」

気が付けば俺の横に彼女がいた。さっきの愛撫で服をはだけたまま、扇情的な姿だ。

「私も仲間に入れてくれるかしら？」

「もちろんですよ」

俺が頷くと、彼女はオリガの隣で横になる。

「私のこともたくさん可愛がってねぇ」

「オリガみたいにエッチな顔にしてあげますよっ！」

俺はいったんオリガの中から肉棒を引き抜くと、シェイナさんへ挿入する。

「んっ……あぐっ！　すごい、本当にいつもより大きいわっ！」

少しだけ苦しそうに表情を歪めるシェイナさん。

でも、興奮で解れた体はしっかり俺のものを咥え込んでいった。

そのままピストンを続けると、室内にシェイナさんの嬌声が響き始める。

「あぅっ、はぁっ、はぁっ！　んくぅぅぅっ！」

ビクビクッと腰を震わせながらも快感を楽しんでいるようだった。

俺はそのままオリガとシェイナさんを交互に犯していく。

次第に彼女たちの体も慣れてきて、より強い快感を感じているようだった。

最初は遠慮していたオリガもすっかり乱れている。

ついには自分から求めるようになっていた。

「はぁ、はぁっ！　フレッド、もっと強くっ！　ひぐぅぅっ!?　これっ、ひゃっ、気持ちいいっ！」

興奮で汗が浮き上がり、ピストンの度に大きな胸も揺れる。

胸の頂点にある乳首はもちろんエッチに硬くなっていた。

「あら、羨ましいわぁ。ねえフレッドくん、わたしにもしてくれるわよねぇ？」

隣で喘ぐオリガを横目にシェイナさんも俺を誘ってくる。

完全にメロメロになっているオリガはもちろん、一見余裕があるように見えるシェイナさんもかなり気持ちよくなっているのは間違いない。

何せ、どちらも一度挿入すると二度と離したくないとばかりに締めつけてくるんだ。

それだけ彼女たちに好かれていると思うと嬉しくなって、また力が入ってしまう。

ゾクン♥
ぞく♥
ぞく♥
はっ♥
はっ♥
はっ♥
ずちゅぷっ♥
ずちゅぷっ♥
ずちゅぷっ♥
ぐちょ♥
ぐち♥

「このままふたりともイかせてあげるよ」

「うぐっ……イかせるなんて生意気よっ！　でも、このままじゃ本当にっ……ひゃうっ、ひんっ！」

「ひゃ、はふっ！　わたしも我慢できなくなっちゃうわっ！　こんなの初めてっ……やっ、あああぁぁぁああっ！」

俺の腰の動きが速くなるにつれ、彼女たちの興奮も強くなっていく。

美女ふたりをここまで乱れさせているということも、俺の興奮をより強くしていた。

そして、いよいよ我慢の限界がやってくる。

「ひぃっ！　イクッ、だめぇ！　イっちゃうのっ！」

先に根を上げたのはオリガだった。

俺が腰を動かすだけで気持ちよさそうな声を上げて、相当感じているのが分かる。

同じようにシェイナさんも限界を訴えてきた。

「わ、私ももうイっちゃうわ！　体が熱いのっ！　こんなに気持ちいいのは初めてよっ！」

彼女たちのいやらしい姿と与えられる快感に俺も限界を迎える。

「くっ、中に……イクぞっ！」

最後に腰を大きく突き出して、ふたりの中に射精した。

肉棒が大きく震えてドクドクと膣内を子種で満たしていく。

「あああぁぁっ！　来てるっ、熱いのっ……イクッ！　イックウウゥゥウゥゥゥッ!!」

「私もイクのぉっ！　はぁっ、あうぅぅっ！　ひゃあああぁぁぁぁっ!!」

俺の中出しをきっかけにふたりも同時に絶頂した。

至上の快感に体が震えている。

全身に駆け巡る気持ちよさで、表情はいやらしく崩れていた。

「はぁ、はうぅっ……もうだめ……」

「私には強すぎたわぁ……」

ふたりとも想像以上の興奮で疲労してしまったのか、ぐったりしている。

俺のほうも、興奮のし過ぎで立っていられなかった。

近くの椅子に腰かけると、ようやく一息つく。

「はぁ……このままじゃ溺れちゃいそうだな、気を付けないと」

三人とも今まで以上に俺にアピールしてくるから、こっちの体がもちそうにない。

彼女たちの気持ちは嬉しいけれど、毎晩していると仕事に差し支えそうだ。

そう考えた俺は、翌日から少し誘いを断るようにした。

結果から言えば、それは正解だったと言える。

なぜならそれから数日後、森である事件が起こったからだ。

第四章　狂乱の魔物

オリガたちが森にやってきてから、すでに二ヶ月近くが経っていた。

彼女たちもすっかりここでの暮らしに馴染んでいる。

今日も、俺が起きて一階に降りていくと美味しそうな朝食の匂いが漂ってきた。

キッチンをのぞくと、シェイナさんが料理している。

「おはようございます、シェイナさん」

「あら、おはようフレッドくん。もうすぐご飯ができるわ」

「いつもありがとうございます」

食事の用意は基本的に交代制にしている。

けれど、誰かが忙しいときには大抵シェイナさんが代わりにやってくれていた。

「いいのよ、お料理するのも楽しいしねぇ」

そう言って笑う彼女にもう一度お礼を言うと、洗面所へ向かった。

顔を洗ってダイニングに向かう。

そこにはすでにオリガの姿があった。

どうやら小屋から持ち出して資料を読みながら、ノートに何か書き込んでいるようだ。

「おはようオリガ」

「おはようフレッド。今日はのんびりしてるのね」

「昨日は少し森の奥まで出かけてたからね」

警戒用の魔法に大きな魔物の反応があったからだ。

一旦森の奥へ戻ったようだけれど、一度外縁部まで来ている以上、放ってはおけない。

奥まで足を運び、反応のあった魔物を倒してきた。

そのせいもあって、少し疲れが溜まっていたのかもしれない。普段より一時間は遅く目が覚めた。

「オリガは何の資料を見ているの？」

「ああ、これ？　少し気になることがあってね」

「気になること？」

「最近、魔物が外側までやってくる頻度が多くなっていると思うの」

その言葉を聞いて、俺は腕を組み考え込む。

「ううん……確かに、ここのところ多いかもしれないね」

ちょうど、オリガたちがここにやってきたときからだろうか。

少しずつ出現する頻度が増えている気がする。

もちろん、彼女たちが原因とは考えていない。

魔法使いが数人増えた程度で、森の奥に潜んでいる魔物にまで影響はないからだ。

以前、まだ両親が健在だったときにもこのようなことはなかったから、それは確実だと思う。

「オリガは、これは単に偶然で、出現の頻度が偏っているだけだと思う？」

「あたしはそうは思わないわ、何か原因がある。前にも同じようなことはなかったの？」

「少し出現頻度が高くなったことはあったけど、今回ほどじゃなかったなぁ」

ほぼ毎日出現するようなときもあったけれど、せいぜいが一週間程度のことだ。

今回のように、一ヶ月以上に渡って頻度が増えていくというのは初めてだった。

「じゃあ、やっぱり何か起こっているわね」

「心当たりはあるの？」

「いくつかね。でも、まだ確定的なものじゃないから話せないわ」

どうやらまだ検討が必要らしい。

「俺にできることがあったら何でも言ってよ。小屋の中にある資料は、好きに見てもらって構わないし」

「ええ、そうさせてもらうわ」

こういう分野では、オリガのほうが俺より圧倒的に上だ。

単に魔物を倒すだけなら俺も自信はある。

けれど、何かを調べたり考えたりするのは得意じゃない。

その点、オリガは魔法学校を優秀な成績で卒業しているようだし、シェイナさんやリリーだっている。

「この時期にみんながやってきてくれて本当に良かったよ。俺だけじゃ、単に魔物を倒すことしかできなかった。ありがとう」

「……別に、これがあたしたちの仕事だから、お礼を言われるほどのことじゃないわ」

オリガは少し視線をそらしてそう言った。

あまり正面からお礼を言われた経験がないのか、恥ずかしがっているらしい。

それから、シェイナさんとリリーが朝食を持ってやってきた。

四人そろったところで、ご飯をいただく。

相変わらずシェイナさんの料理はとても美味しかった。

残さずいただいた後で、食後にお茶を飲みながら少し話をする。

「そう言えば、三人はまだここにいても大丈夫なの？　所属している……ええと、なんとかギルドから呼び出されたりしてない？」

彼女たちが、普段どういうふうに仕事をしていたかは知らない。

けれど、一つの場所に二ヶ月もとどまるのは、かなり長いことなのではないか。

もしかしたら、早く終わらせろと急かされているんじゃないかと思ったんだ。

ギルドとの連絡はシェイナさんが使い魔を使って行っているらしく、俺はよく知らないから。

そんな俺の質問に答えたのは、やはりそのシェイナさんだった。

「心配しなくても大丈夫よ、魔女ギルドのほうへは、この森が普通と少し違うと説明しているし、むしろ出来るだけ詳細な情報を求められているの」

「それに、長いときは三ヶ月くらいギルドに帰らないこともあるもの。心配することじゃないわ」

シェイナさんの言葉をオリガが補足する。

「そうね。まあ、私たちは今回の仕事が終わっても、ここを離れるつもりはないけれど」

そう言って楽しそうに笑うシェイナさん。

オリガも言葉にはしなかったけれど、否定の意思表示はしていなかった。

それから、俺は食事の片づけをして森に向かうことに。

今日はリリーもいっしょだ。

最近は森に入るとき、必ず誰かといっしょに行動するようになっていた。

彼女たちの仕事である森の調査のためだけれど、活発な魔物に対して警戒を増しているということでもある。

ひとりのときに強力な魔物と出会ってしまったら、とっさに助けを呼ぶことも出来ない。

ふたりなら、ひとりが足止めしている間に、もうひとりが救援を要請できる。

四人で合流することが出来れば、この森の中で倒せない魔物はいない。

ただ、今日は幸いにも強力な魔物と出会うことはなかった。

数の増えている中型の魔物を何体か倒し、使えるものをはぎ取って片付ける。

「ふぅ、これで十体目ですね。お疲れ様です」

魔物を土に埋めたリリーが額の汗を拭きながら言う。

「リリーこそお疲れ様。最初と比べると、かなり魔力の操作が上達してきたね」

今魔物を埋めた地面も綺麗にならされていて、よく注意しないと気づかないほどだ。

最初とは魔法操作の精度が比べものにならない。

このまま上達していけば、もうすぐ俺の教えることがなくなってしまうだろう。

「そうですか？　えへへ、ありがとうございますっ！」

嬉しそうにニコニコと笑みを浮かべているリリー。

その表情を見ていると、自然とこっちまで笑顔になってしまう。

彼女といっしょにいると、不思議と心が穏やかになれるような気がした。

「実は昨日、もう少し奥に行ったところで果物が生っている木を見つけたんだ。いっしょに取りにいかないかい？」

「えっ、行きます！　フルーツ大好きですっ！」

「ははは、甘くてとっても美味しいから、楽しみにしててほしいな」

俺はそれから、リリーを連れて果物の収穫に向かった。

途中で何体か魔物と出くわしたものの、リリーが全て簡単に倒してしまう。

そんな様子を見ながら、もうすっかり一人前の魔法使いだなと思った。

果実の収穫も無事終わり、夕方ごろに家へ帰る。

すでに家の煙突からは煙が昇っていた。

続けてこっちまで、いい匂いが漂ってくる。

「シェイナさんかオリガが、夕食の準備をしてくれているのかな」

そうつぶやくと、隣のリリーがすんすんと鼻を動かした。

「この匂い、知ってます！　オリガさんの料理だと思います！」

「へえ、匂いで分かるのか。リリーは鼻もいいんだね」

すると、彼女は少し照れた様子で鼻の頭をかく。

「前のお仕事先で滞在しているとき、オリガさんが作ってくれたんです。すごくおいしかったので」

「それは楽しみだ。早く帰らないとな！」

「はい！」

俺たちは果物をお土産にして急ぎ足で帰宅した。

その日の夜はオリガ特製の夕飯と果物でお腹をいっぱいに満たし、ゆっくり休むことに。

俺たちはそれからもしばらく、非常に穏やかな生活を営んでいった。

森の調査と魔物の討伐は大変だけど、以前と違ってひとりぼっちじゃないのは心強い。

俺はこのまま、この生活がずっと続いてほしいと心の中で思うようになっていたほどだ。

けれど、そんな俺の前に唐突に大きな問題が立ちはだかる。

それはある日の朝、唐突に始まった。

いつものように全員で朝食を終えた後、俺はリビングで休んでいた。

オリガは資料の置いてある小屋に向かい、シェイナさんは洗濯物を干している。

リリーは裏庭で魔力操作の特訓をしているはずだった。

「昨日と一昨日は東寄りを巡回したから、今日は北のほうを重点的に見て回ろうかな」

リビングの机には地図が広げられていた。

辺境に広がるこの森の地図だ。

あれほど深い森の地図は王国内でも作られていないので、自分で用意する必要があった。

といっても、全て俺ひとりで作った訳じゃない。

両親が製作途中だったものがあったから、引き継いだのだ。

俺はそれにコツコツと書き足していって、一年ほど前、ついに完成させた。

地図の素人が作ったから正確なものじゃないけれど、大まかな配置は分かる。

どこにどんな生態系があって、どういう魔物が出現しやすいか。

森の警備をするには、これで必要十分だった。

今日の予定も決めたところで、さっそく行動しようと腰を持ち上げる。

そのとき、廊下からドタバタと音が聞こえてきた。

「どうしたのかな？」

確認しようと扉のほうへ向かう。

そして、ドアノブを掴もうとしたところで先に向こうのほうから扉が開けられた。

「うおっ」

「わっ！　あぁ、フレッド、まだ出かけてなかったのね！」

そこにいたのは小屋にいるはずのオリガだった。

ここまで走ってきたようで額に汗をかいている。

「誰かと思ったらオリガじゃないか、どうしてここに？」

問いかけると、彼女は答える前に俺の服の袖をつかんだ。

「大変なことが分かったのよ！　話し合いをするから、あなたはリリーを呼んできて、あたしはシェイナを連れてくるわ！」

「わ、わかった」

有無を言わさぬ語気に思わず頷いてしまう。

とりあえず俺はリリーのところへ向かった。この時間ならまだ裏庭で魔法の特訓をしているはずだ。玄関から外に出て裏に回ると、案の定彼女の姿があった。

一安心して声をかけ、リビングまで連れていく。

すでにオリガもシェイナさんを連れて、戻ってきていたようだ。

これで四人全員が揃ったことになる。

「じゃあ、とりあえず座ってちょうだい」

言われた通りテーブルを囲んで座る。

「ちょうど地図があるじゃない。使わせてもらうわよ」

そう言って彼女がペンを取り出すのを見て、俺は慌てて止めた。

「ちょっと待ってくれ！　地図はそれしかないから、書き込むなら別のものに……」

「しょうがないわね、分かったわ」

オリガが間一髪でペンを止め、メモ帳を取り出す。

一枚しかない地図に容赦なく書き込まれてはたまらない。

緊急時のようだけど、少しホッとしてしまった。

オリガはメモ用紙を何枚かに切りながら話を始める。

「集まってもらったのは、他の何事にも勝る緊急事態が起こったからよ」

「緊急事態……？」

そう言われても、周囲にはなにか変わったことが起こっている雰囲気はない。

ただ、オリガはいつになく真剣な表情だった。

「確かに今は何も感じないからもしれないわ。でも、変化は確実に起きているはずよ。この森の奥でね」

そう言いながら地図の森、その奥地を指差す。

「ッ！　森で異変が起こっているんだな？」

森に関わることとなると、俺の意識が瞬時に覚めた。

「良い顔つきになったじゃない、そのままお願いね」

オリガはそう言いながら、手元の分割したメモ帳になにやら書き込んでいく。

「まず最初に、ここ五年分の魔物の出現パターンを調べてみたの」

「ごっ、五年分も!?」

驚いて声を上げてしまう。

俺は魔物を倒したときは、その日の内に記録を行っている。

具体的にはいつ、どこで、どんな魔物を倒したかをだ。

月末や年末といった区切りに、以前のものと比べて、異常がないか調べるためだ。

後、記録に残しておくのは大事だからと教わったからでもある。

現にひとりになってからは、両親の残した魔法の資料にだいぶ助けられた。

けれど、五年分となるとかなりの量になる。

ノートにしても十冊以上になるだろう。それを全部調べたというのだから、驚いてしまったのだ。

「記録が残っていて良かったわ。おかげで、ここ数ヶ月の異常を見つけることが出来たもの」

「それは、最近魔物が多くなっていることと関係あるのか？」

「ええ、もちろんよ。これを見てちょうだい」

オリガが地図の上にメモを置いていく。

どうやらメモの種類はいくつかに分かれているようだ。

「メモに斜線が引いてあるでしょう？　この線が多いほど、その場所で魔物を倒した回数が多いということよ」

「ふむ……森の奥に行くほど多くなっているな」

「これはある程度以上に危険な魔物だけをカウントしたものだから、そうなるでしょうね」

森の外に出ようとする魔物は、奥地での争いに負けて逃げてきた者が多い。

もちろんその他にも理由はあるだろう。

けれど、だいたいが縄張り争いに負けて逃げてきた、と言っていい。

魔物は人間が近くにいなければ、普通の動物とそれほど変わらない。

魔物同士でも争うことがあるというのは、時々傷ついた魔物と戦った経験があるので確かだと言える。

最近は、そんな傷を負った魔物が少し多い気もするけれど。

「ちなみに今置いたメモは、あたしたちがここに来る前……一年から半年ほど前の記録の一ヶ月の平均よ」

「確かにそのころは、これくらいの感覚だったかな」

俺がそう言うとオリガも頷く。そして、もう一度メモを配置しはじめた。

今度は印がつけられて、以前のものと判別できるようにしてある。

「これは……前とずいぶん変わっているわねぇ」

シェイナさんがあごに手を当てて、思案しながらつぶやく。

今配置されたメモでは、以前より明らかに、森の外縁部で強い魔物と戦った回数が多くなっていた。強い魔物が頻繁に、外縁部まで出てきていることを示している。

みんなが来てくれてからは協力することで狩りも楽になってしまって、そこまで気にしていなかったようだ。だがこうして数や出現位置を見せられると、確実におかしいと言える。

「これはあたしたちが来てから、今までの記録の平均よ。おかしいでしょう?」

「ああ、いつになく大量だ。どうしてこんなことになっているんだ……」

俺は両手で頭を抱えたい思いだった。

「フレッド、悩んでいる場合じゃないわ。あたしたち四人でこの問題を解決しないと」

「……ああ、分かってる。こんな辺境だから、応援も期待できないし」

「それに、下手な援軍だったら足手纏いよ。今の森はそれだけ危険になっているんだから」

オリガらしい言葉だと思えるけれど、彼女は真剣だった。

本気で、自分たちのチーム以外は邪魔だと思っているようだ。

以前だったら、その範囲は彼女自身にシェイナさんとリリーを加えた三人だっただろう。

でも、今は自然に俺のことを人数に加えてくれていた。

こんな状況だけれど、そのことを嬉しく感じてしまう。

「それで、これは出てくる魔物を全部倒せば解決するのか？」

「そんな単純なことだったら、そこまで慌てていないわ」

オリガは自分の横に置いていた資料を取り出す。

「この騒動の原因は、たった一体の魔物だと考えているの」

「えっ、これだけの騒ぎで、一体だけが原因なのか？」

話を聞いている内に、俺もいくつか原因を考えていた。

例えば奥地で災害が発生して、住む場所を失った魔物が外縁部に出てきているとかだ。

だが、オリガの話は完全に予想外だった。

「フレッド、あなた狂乱の魔物というものを知っている？」

「いや、知らないな」

俺は首を横に振ったけど、シェイナさんとリリーは違う反応をしていた。

オリガの言葉を聞いた瞬間、表情が強張ってしまっている。

「きょ、狂乱の魔物って……オリガさん、本当なんですか？　それがこの森の奥に？」

リリーが恐る恐るといった様子で聞く。

普段から控えめな彼女だけれど、最近は少し明るくなっていると思っていたのに。

最初に出会ったときより、何倍もビクビクしている。

まるで、自分の言葉をオリガに否定してほしいかのようだ。だがオリガは容赦なくうなずく。

「そうよ。あたしも信じられなくていくつも他の可能性を考えたわ。でも、現状だと狂乱の魔物が現れた可能性が一番高いの」

シェイナさんとリリーが、一気に暗い雰囲気になる。

その姿を見て俺も不安になってきた。

「なあオリガ、説明してくれないか。狂乱の魔物っていうのはどんな存在なんだ？」

「そうね、敵を知らないと対策を立てようもないし」

彼女はそこで一息つくと、ゆっくり話し始める。

「狂乱の魔物というのは、数十年に一度現れる魔物の異常種よ」

「異常種……」

「そう。普通の魔物が好戦的になるのは、人間にだけでしょう？」

「ああ、そうだね。他の動物は、あまり襲わない」

縄張り争いでの喧嘩はあっても、魔物同士が本気で殺し合うことはないのだ。

それはこれまでの歴史の中で示されてきたことだった。

「でも、この狂乱の魔物は人間以外にも積極的に襲い掛かるのよ。動物はもちろん同じ魔物までね」

「なんだって!?」

これまでの魔物の常識を覆す話に目を剥く。

「でも、それじゃあ周りの魔物から狙われないか？　魔物だって知能がない訳じゃない」

特に森の奥地にいるような魔物はそうだ。基本的な能力が高いことに加えて頭も回る。

さすがに人間と同レベルとは言えないけれど、犬よりは賢い。

誰彼構わず襲い掛かるような危険な魔物は、一斉に袋叩きにされてしまうはずだ。

けれど、オリガは首を横に振る。

「狂乱の魔物にはもう一つ特徴があって、普通の魔物より何倍も強い力を持っているの。それこそ、周りの魔物をまとめて相手できるような力がね」

「それほどなのか……」

オリガの言っていることだから、真実だろう。

「それでも、俺たちが協力すれば勝てるんじゃないか？」

「正直、あたしたちだけで勝てるかどうか分からないわ。過去には一体の狂乱の魔物が出現したことで、三つの街が滅ぼされた事例もあるの」

彼女はそこで一度深呼吸し、気持ちを落ち着けるようにしながら続ける。

「知能はそれほど高くないようだけれど、確認された回数が少ないから確実なことは言えないわ。最悪、力も知能も高い狂乱の魔物が生まれている可能性がある。この森はただでさえ強力な魔物で溢れているんだもの。新しく生まれた狂乱の魔物だけが、比較的弱い個体だとは考えられない」

そこまで言い切ったところで一度話が止まった。

俺はもちろん、シェイナさんやリリーも無言になってしまっている。

狂乱の魔物に自分たちだけで立ち向かえるのか考えているんだろう。

沈黙を破ったのはシェイナさんだった。

「このことはギルドに伝えてあるの？」

「ええ、もちろんよ。フレッドのことがあるからあまりギルドとは連絡を取りたくなかったけれど、今回は仕方ないでしょう」

「じゃあ、一旦近くの村の人たちも連れて避難するというのはどうかしら？　戦力が整ったところで狂乱の魔物を倒しに行くの」

なるほど、良い案かもしれないと頷く。

例えばオリガの所属しているギルドや魔法学校なら、狂乱の魔物に対抗できる凄腕の魔法使いがいるに違いない。安全を考えるなら、そういった強者に援軍を頼むのが正解だ。

「ちょ、ちょっと待ってください！」

そこで、意見する声が上がった。リリーだ。

「狂乱の魔物以外にも、森の奥地から毎日魔物が外縁部まで来ているんですよね？　じゃあ、わたしたちがいない間、それらはどうなっちゃうんですか？」

確かに、それは考えなければならなかった。

狂乱の魔物に対抗できる強力な援軍を連れて戻って来るのに、どれだけ時間がかかるか……。

その間に相当数の魔物が森を出て、あちこちに散ってしまうだろう。

近くの村の人々は俺たちが避難させれば助かる。でも、他の人々は？

そう考えると、俺たちがここを離れるということは危険を拡散させることになりかねない。

「……俺が狂乱の魔物を倒す」

自然と俺の口から言葉が出ていた。

「自分たちの安全を考えればシェイナさんの案に従ったほうがいい。だから、皆は村の人たちを誘導して退避してくれ」

「……フレッド、あなた正気なの？」

オリガの視線が鋭くなる。

彼女にそんな目で見つめられると足がすくみそうになるけれど、意見は曲げない。

「俺はこの森の番人なんだ。両親からその仕事を受け継いでここにいる。逃げたくない」

もちろん恐怖はある。

けれどそれ以上に、凶悪な魔物がここを蹂躙していくということに我慢ならなかった。

「オリガほどじゃないけど、俺にだって魔法使いとしてのプライドがあるよ。戦う力を持っているんだから、最後まで全力を尽くす」

これまで何年もひとりで魔物を倒してきたんだ。オリガたちがいなくてもやってみせる。

そういう決意で言ったつもりだった。

それに対して、目の前の彼女はため息を吐く。

「はぁ……あたしの話を聞いていなかったの？　相手は街を丸ごと滅ぼすような怪物よ？」

「それでもやる」

きっぱりとそう言い切ると、彼女はシェイナさんとリリーのほうを見た。

何やらアイコンタクトで意思疎通しているらしい。

「……分かった。じゃあ、あたしたちも同行するわ」

「えっ!?　いや、だってオリガたちは村の避難を……」

もし俺が負けてしまっても、彼女たちがいれば最低限、村の人々は安全に避難できるはずだ。

だから、彼女たちには退避してほしいと思っていたのに。

「馬鹿ね、あなたひとり残して逃げられると思う？　フレッドは貴重な男の魔法使いだし……なにより、あたしたちの仲間なのよ」

オリガがそう言うと、シェイナさんとリリーも同調する。

「ここでフレッドくんを置いては逃げられないわよねぇ。将来の旦那さんだもの、ふふっ」

「わたしもいっしょに戦います！　もう、ここに来たばかりのわたしとは違いますからっ！」

ふたりとも言葉に迷いは見られない。

それを見て、俺はこれ以上何か言っても無駄だろうと思った。

同時に、こんな俺についてきてくれることに感謝したい。

「ありがとうみんな、いっしょにいると言ってくれて。すごく嬉しいよ」

オリガたちはそれぞれ無言で頷いてくれた。

こんなに心が温かくなったのは、まだ両親が健在だったとき以来だ。

そう考えて、もう自分は彼女たちを家族同然に思っているんだと気づく。

心の中には逃げてほしい気持ちもあるけれど、それは押さえつけた。

代わりに、絶対に狂乱の魔物を倒すと決意する。

「早く狂乱の魔物を倒すことが出来れば、他の魔物を森の外に出さずにすむかもしれないわ。すぐ行動を始めましょう」

「分かった。何か使えそうなものがないか探してくるよ」

それから俺たちは、狂乱の魔物を倒すために動き出す。

俺とオリガ、それにリリーは装備の準備だ。

比較的軽装なシェイナさんは、その間にいくつか使い魔を作る。

使い魔にはそれぞれ手紙を持たせ、近くの村や王都へ向かわせるんだ。

手紙の内容は非難の勧告と、援軍の要請だった。

これで、万が一狂乱の魔物の討伐に失敗してしまったときでも、ギルドや国が動いてくれる。

「よし、準備出来た」

今回は全員、出発前に特別なポーションを服用している。飲用すると、少しずつだけれど魔力が回復していくというものだ。

非常に有効だけれど、材料が貴重なのでいざというときしか使えない。

動くのに差し障りないよう軽く食事をとった後、全員で森へ向かう。

時刻は昼過ぎで、天気は曇り。

どんよりとした雰囲気が、これから戦う俺たちの気持ちまで暗くしてしまいそうだった。

けれど、覚悟を決めて森の中に足を踏み入れる。

「話し合った通り先頭から俺、リリー、シェイナさん、オリガの順番で頼む」

振り返ると三人の顔が見えた。

「分かりました、いつでも攻撃できるようにしておきますね！」

「回復と補助は任せてちょうだいねぇ」

「フレッド、あなたは前だけ見ていなさい」

「ありがとう。行くぞ！」

彼女たちの言葉に後押しされながら、森の奥地へ向かう。

途中何体かの魔物を見つけたけれど、こっちに向かってこないものは放置だ。

今は少しでも魔法を使うのが惜しい。

今までにないほどの速度で森の中を進む。

幸いにも隊列を崩されるほど強力な魔物に出会うことはなかった。

けれど、それが幸いかというと少し違う。

魔物どころか、他の動物の気配まで薄い。

「……なんだか嫌な雰囲気ですね」

すぐ後ろについてきているリリーがつぶやく。

「ああ、そうだね。ここまで静かなのは変だ。まるで森の生き物が消え去ったみたいに……」

まさか本当に全ていなくなった訳じゃないだろう。

動物的な感で、奥地にいる狂乱の魔物を恐れて隠れているのかもしれない。

やがて俺たちは、今まで一度も立ち入ったことのない奥地まで踏み込んだ。

一見すると今までの森と変わらない。

しかし、ところどころに激しい戦闘があった跡が見える。

幹の直径が二メートルはありそうな巨木が倒れていた。

地面は爆弾がさく裂したようにえぐれている。

何が暴れてそうなったのか、俺たち全員が察していた。

「そろそろ到着するぞ」

声をかけると全員が気を引き締める。

前方の開けた場所から、何か大きな存在が動くような気配があった。

とっさに全員で物陰に隠れる。

俺はこっそり顔を出して相手を確認した。

「……こ、こいつはっ！」

そこにいたのは、何本もの首を持つ怪物だった。

「まさか、嘘でしょう？　ヒュドラなんてっ！」

隣に隠れていたオリガも小さな悲鳴を上げる。

「ヒュドラって、あのヒュドラか？」

「ええ、そうよ。前に話したことがあったでしょう？」

俺は以前、魔法の研究ついでにオリガから聞いた話を思い出す。

魔物というのはいろいろいるが、その中でも強力なものの代名詞がドラゴンだ。

かつて邪神が大きな力を込めて作った正真正銘のモンスター。

生まれてからずっと辺境で暮らしている俺でも知っているほどだ。

けれどドラゴンは、全て邪神と共に討伐されている。

ドラゴンが滅んだ今、最も強力といわれているのが亜竜。

ドラゴンのなりそこないとも言われるが、その力は一国の軍隊に匹敵することもあるほどだった。

ワイバーンやシーサーペント、そしてヒュドラなどが該当する。

その亜竜の一体が目の前にいるのだ。

しかも、普通の魔物より強い狂乱の魔物として。

「……状況は最悪と言っていいわね。何なのよ、ヒュドラの狂乱の魔物なんて聞いたことがないわ！」

「でもやらなきゃいけない」

狂乱の魔物は予想以上の強敵だった。

ここで逃せば想像以上の被害を人々に与えるだろう。

「やる気？」

「ああ、俺が突っ込む。援護してくれ！」

「あ、ちょっと！」

オリガが制止するが、俺は飛び出した。

悠長に考えていると足がすくんで動けなくなってしまいそうだったからだ。

「うおおおおっ！」

怪物の眼前に飛び出る。視線を上げるとヒュドラの全貌が見えてきた。

体は甲羅のない亀のようだ。

胴体の後ろには蛇のように長い尾が生えていて、前のところから八本の首が生えている。

その八本の内の数本が、俺のことを見つけたようだ。

「来たな……おい、俺が相手だ！」

声を張り上げて挑発する。すると、他の首も俺のほうへ一斉に向いた。

どうやらすべての首の注意が、俺に集まったらしい。

「いいぞ、そのままこっちを向いていろ」

あれだけ首がある以上、どの方向からでも奇襲は不可能だ。

だったら、誰かが注目を集めて死角を作らないといけない。

誘導には上手く成功したが、俺を見ていた首が大きく口を開けた。

「くっ！」

直後、八つの口から紫色のものが飛んできた。

大きく横に飛ぶことでなんとか回避する。

直前まで俺がいた場所には、紫色の液体が着弾していた。

「これがヒュドラの毒ブレス……」

これもオリガから聞いていたものだ。

体内で精製している毒を塊にして吐き出せる。これを毒ブレスという。

ヒュドラの毒はあらゆる生物を侵して殺してしまうという。

直撃すれば助かる術はなく、飛沫が数滴皮膚に付着するだけでも動けなくなってしまうほど。

だから、俺がまず飛び出す必要があったんだ。

リリーはまだしも、オリガとシェイナさんはかなり薄着になる。

ヒュドラと相対すれば、毒ブレスの飛沫を浴びてすぐ動けなくなってしまうだろう。

普段から森に入っているせいで厚着している俺ならば、ある程度の飛沫には耐えられる。

「こいつ、お返しだ！　『ファイアランス』！」

反撃の魔法を放つ。炎の槍が首の一つに直撃した。

これだけ的が大きいと、外すほうが難しい。

「ギシャァッ！」

頭の一つが悲鳴を上げる。

だが、それほど大きなダメージは与えられていないようだ。

しかも、頭部に与えた傷がゆっくりと回復しているように見える。

「評判通りの回復能力だな……」

これもヒュドラの能力だった。

八つの首の内の一本が司令塔のような役割をしていて、それを倒さないと高い回復能力で復活してしまうのだ。

だから、まずはその司令塔の首を割り出さないといけない。

「どんどん行くぞ！　『ファイアアロー・バースト』！」

炎の矢を連続して放射状に放つ。

フレアランスより少し威力が低い攻撃だが、連射が効くのだ。

しかも、炎で焼くことで再生を遅らせることも出来る。

「グゥウ……」

魔法を食らいながらヒュドラも反撃してくる。

毒ブレスに加え、数本の首が直接噛みつこうとしてきた。

「そう簡単に捕まってたまるか！」

魔法で身体能力を強化し逃げ回る。

ヒュドラの首の動きは俊敏だが、幸いにも体のほうは鈍足らしい。

俺と戦い始めてからは方向転換するくらいで動こうとしない。

俺はそれを利用して周囲を駆け回る。

首は俊敏に動き回るが胴体の旋回速度は遅い。

その結果、他の首に邪魔されて移動が遅れる首が出てきた。

「よし、この調子だ。『ファイアランス・バースト』！　『ファイアランス・バースト』！」

俺を追ってくる六本の首に炎の槍の三連射を二回。

それぞれ一撃ずつ食らわせてやる。

バラバラな目標へ命中させるには、精密な魔力操作を要求される。

けれど、日々リリーの特訓に付き合っている内に俺の魔力操作も上達していた。

「「ギャアアアァァッ!?」」

同時に首を焼かれて悶絶した悲鳴が上がった。

傷はすぐ回復を始めるが、そこであることに気づく。

傷ついた内の一本が、他の首にかばわれるように奥へ引っ込んだのだ。

注意深く見ると、かばわれた首は他より回復が遅い。

「隠れたやつが司令塔か！」

大きく声を上げながら走り出す。

今度は逃げず、ヒュドラのほうへ向かっていった。

まだ俺のほうを向いているヒュドラは、困惑したように動きが止まった。

どうやら急に動きを変えたからのようだ。

「驚くのはまだ早いぞ！　『サンダーウィップ』！」

右手を掲げるとそこから電気の鞭が伸びる。魔力を多く注ぎ込んだから、その長さは通常の数倍だ。地上からでも大きなヒュドラの頭に届く。

「食らえ！」

右腕を振るうとそれに合わせて電撃鞭がしなる。

激しく光り、バリバリという音を立てながら首を討ち据えた。

炎のように再生を阻害するわけではないので、それほどダメージを与えていない。

けれど、光と音はヒュドラに対して思ったより有効なようだ。

間近で雷の光と音を食らい、首がもだえる。

そして、この隙こそが俺の求めていたものだった。

「シェイナさん！　リリー！」

確実に届くように声を張り上げる。

すると、ヒュドラを挟んで反対側の草むらからふたりが飛び出してきた。

「いくわよリリー！　『アースバインド』！」

ヒュドラの足元の地面が盛り上がり、司令塔をかばっていた首を拘束する。

リリーがヒュドラに向けてまっすぐ右手を構え、それを左手で支える。

「ふぅ……」

呼吸を落ち着けて精神を集中し、右手に魔力をかき集めた。

「ここで決めます！　『ファイアランス・フルバースト』!!」

彼女の右手のひらが光り、そこから連続で十発ものファイアランスが発射される。

ヒュドラもこれはマズいと思ったのか、瞬時に一本の首を動かして司令塔の盾にする。

しかし、今のリリーの魔法はそれくらいで防げるものじゃない。

「いっけえええええっ!!」

一発目が着弾。続いて二発目、三発目、そして四発目で盾にした首が焼き尽くされた。

けれど、それだけじゃ終わらない。

連続で発射された炎の槍はそのまま奥の司令塔へ襲い掛かった。

五発目、六発目が着弾し司令塔の首が大きく悶える。

だがそこで、遅れていた首が追いついてしまった。

二本の首が盾になり、さらに一本が司令塔を逃がすように地面へ倒す。

残り四発はそのまま盾にされた首に着弾した。

一本を焼き尽くしさらに一本へ重傷を負わせたものの、肝心の司令塔を取り逃してしまう。

「そんなっ！　わたしの魔法が!?」

渾身の魔法が防がれたのを見て、絶望的な悲鳴を上げるリリー。

そんな彼女にシェイナさんのアースバインドを振り切った首が襲い掛かる。

「リリー！　危ないっ！」

「きゃっ！」

横にいたシェイナさんがとっさに彼女を引き寄せてヒュドラの牙をかわした。

けれど、すぐに追撃が迫る。

ふたりは魔法で反撃しているけれど、いつまでも逃げられるようには見えない。

「くそっ！　邪魔だっ！」

俺は彼女たちの下へ向かおうとしたけれど、残った首が邪魔をした。

司令塔が一本に、それをかばっているのが一本。

焼き尽くされたのが二本に、重傷を負ってすぐ動けないのが一本。さらに二本の首が俺の行く手を邪魔していて、最後の一本がシェイナさんたちを殺そうとしていた。

そのとき、さっきまで俺が隠れていた岩から飛び出す者があった。オリガだ。

彼女は腰の剣を抜くと、ヒュドラの司令塔へ一直線に突っ込む。

「待てオリガ！　正面からは無茶だ！」

薄着の彼女ではヒュドラの毒を防げず、飛沫が数滴触れただけでも動けなくなってしまう。

ヒュドラもそれを分かっているのか、司令塔をかばっている首が毒ブレスを吐いた。

しかし、オリガは慌てず走りながら剣を構える。

「それであたしを倒せるつもり？　魔法使いを甘く見るなぁ！」

気合を込めて声を張り上げると同時に、彼女の剣へ魔力が込められた。

すると、剣の刀身が青白い光に包まれる。

次の瞬間、オリガは眼前に迫る毒ブレスへ剣を振りぬいた。

「『フラッシュフローズンブレイド』！」

毒ブレスは毒液の塊だ。普通、剣で切り飛ばせるわけがない。

しかし、俺の目の前で毒ブレスは真っ二つになった。

「す、すごい……一瞬で凍らせている……！」

彼女の持っている剣が強力な冷気を纏っているのが分かる。

刀身で触れたものを一瞬で氷結させるほどの強い冷気だ。

あれで毒液を凍らせ、飛沫を飛び散らせることなく一刀両断した。

あれほど強力な氷の魔法を武器に纏わせたまま持続させるなんて、相当高度な技量を要求される。

けれど、彼女はやり遂げた。

「それがオリガの新しい魔法なのか!?」

「ええ、そうよ。そこでじっくりと見ていなさい！」

彼女はそのまま足を止めることなく突進を続ける。

ヒュドラは自分のブレスを防がれたことに一瞬困惑していた。

しかし、すぐ正気を取り戻すと攻撃を続行する。

一撃でダメなら連続でと、司令塔の首まで加わって毒ブレスを放つ。

しかし、オリガはそのことごとくを一刀の下に切り飛ばしていった。

「いくらやっても無駄よ！」

「ギュグルルルッ！」

毒ブレスが効かないと理解したのか、不快そうな唸り声を上げるヒュドラ。

しかし、すぐ対応して今度は直接噛みつこうとする。

「オリガ！」

「言われなくても分かっているわ！」

さすがのオリガでも、大きなヒュドラの頭を瞬時に凍らせることはできないようだ。

噛みつき攻撃を横にステップして避ける。だが、相手もしつこく追ってくる。

「このままじゃっ！」

重傷を負って動けなくなっている首が回復してきている。

このままでは司令塔をかばう首が増えてしまうだろう。

「せっかくここまで来たのに、やらせるか！」

俺は援護するためオリガのほうへ向かう。

だが、その行く手を二本の首が阻んできた。

「ええい、邪魔だぁっ！　『ナックルガスト』！」

局地的な突風が吹きつけ、二本の首を風圧で殴り飛ばす。

直接的なダメージはないが、首が大きくノックバックした。

「オリガ！　そのまま進め！　『サンダーボルト・バースト』！」

雷撃を放ち、彼女の行く手を阻んでいる首に直撃させる。

電気ショックで首がビクビクと痙攣し、オリガの通り抜ける隙が生まれた。

「そのまま行けえええええっ！」
オリガが地面を強く蹴って駆ける。もう司令塔は目の前だ。その首を守る盾はいない。
「これで終わりよっ‼」
最後の抵抗に、司令塔がオリガに噛みついてきた。
彼女はそれを最小限の動きでかわすと、上段から剣を振り下ろす。
次の瞬間、バキッという何かが割れた音と共にヒュドラの首が落ちた。
司令塔が死んだ途端、残った七本の首の動きも鈍くなる。
それまで統制していた者がいなくなり、混乱しているんだろう。
「今だ！　畳みかけるんだ！」
声を張り上げながら俺は魔法を放つ。
威力と再生阻害に優れるファイアランスを連発し、次々と首を焼き尽くす。
シェイナさんとリリー、それにオリガも加わった。
数分後、最後の首が焼き尽くされて地面に斃れる。
それと同時に、今までどっしりと構えていた胴体も崩れ落ちた。
さすがに全ての首がなくなっては、いかに亜竜といえど生きてはいまい。
けれど、念には念を入れて胴体のほうも魔法で焼いていく。
あたりに焦げ臭いにおいが充満し、鼻が効かなくなってしまうほどだった。
けれど、完全にヒュドラの全身が焼き尽くされたことを確認する。

首から尻尾の先まで見てみたけれど、再生する気配はない。

「……ふぅ、終わったな」

ようやくのことで一息つく。これで狂乱の魔物は討伐された。

傍にあった岩に腰掛けると、周りにいたオリガたちが近寄ってくる。

「討伐成功ね、フレッド」

「ああ、何とかうまくいったよ。死ぬかと思ったけど……あたたっ！」

正気に戻ると体のあちこちが痛いことに気づく。

自分の体を見下ろすと、まず服のあちこちがヒュドラの毒で溶かされていた。

俺としては余裕をもって回避していたつもりだったけれど、そう上手くいかなかったようだ。

服を溶かして滲んだ分が、わずかに肌に触れていたらしい。

それだけでもズキズキと痛む。

「フレッドくん、体を動かさないで。すぐに治療するわ」

シェイナさんがやってきて回復魔法をかけてくれる。

「ありがとうございます。落ち着きます」

魔法をかけられた部分が温かくなって、痛みが引いてくのが分かる。

「あまり無理をしないでね。ヒュドラの毒は少量でも全身に回ると危ないわ」

「はい、気を付けます」

回復魔法のプロである彼女の忠告をしっかり覚えておく。

こういうことは専門家の言うことを聞くに限る、というのはよく分っていた。

実際、回復魔法をかけてもらってもまだ気怠い感覚が残っている。

「フレッドさん、大丈夫ですか？　わたしたちの代わりに前に出て戦って、見ていて不安で胸が張り裂けそうでした……」

リリーが目を潤ませながらそう言った。

「心配させてゴメンね。でも、それが最も適切だと思ったんだ」

他の魔物なら、俺とオリガが前衛に立つことでより安全に対処できただろう。

でも、あの毒ブレスのことを考えたら彼女たちを前線に立たせられない。

「俺の服は厚手で丈夫だし、男だから体力もあるしさ。すぐ回復するよ」

実際、もしオリガが俺の役割をやっていたら危なかっただろう。

あの新魔法があれば、数分は毒ブレスを切り払えるけれど、あれほど高度な魔法はそう長持ちするはずがない。

完全にヒュドラの注意を引き付ける前に魔法が途切れ、毒に侵されていたと思う。

ただ、当のオリガは少しだけ不満そうな表情をしていた。

「フレッドの判断は間違っていないわ。でも、不満なのは事実ね」

どうやら最初に、隠れていなければならなかったのが不満らしい。

確かに彼女の性格からすればそうだろう。

けれど、オリガは俺の意図を汲んでヒュドラの司令塔が隙を晒すまで隠れてくれていた。

ここまで息の合った連携が出来たことは嬉しく思う。

「あの魔法をもっと強化すれば、またヒュドラが現れても大丈夫さ」

「ええ、もちろんよ！　今度は軽く一時間くらい持続できるように改良するわ」

「あはは……」

あれを一時間となると、気の遠くなりそうな改良が必要そうだ。

けれど、オリガならやってのけてしまいそうな雰囲気がある。

「何にせよ、皆が無事で良かった。ヒュドラが倒されたことに気づいて他の魔物が戻ってくる前に、ここを離れよう」

ヒュドラの体をあらかた燃やし尽くしたので、土に埋める必要もないだろう。

討伐した証拠に、焼け残っていた牙と鱗を厳重に保管して持ち帰る。

俺たちは少しだけ休憩した後、全員で家に帰るのだった。

◆　◆

あれから数日。俺たちは家に帰ってきてから少し休息した後、事件の対応を行っていた。

亜竜の狂乱の魔物という大事件を、ギルドや王国に報告しないといけなかったからだ。

一番大きな問題だったのは、報告の資料に俺のことを記さないといけなかったことだ。

これだけ重要な書類に、虚偽の記述をするわけにはいかない。

結果、報告を受けた向こうはかなり混乱したようだ。

狂乱の魔物の出現はもちろん、それを倒したパーティーに男魔法使いがいたのだから。オリガが上司から伝えられた内容によると、当初はすぐ王都に呼び出そうという案もあったらしい。

けれど、ヒュドラを倒した実力と功績を考えて下手に手を出さないことになったようだ。

報告の手紙と共に送ったヒュドラの牙と鱗が、俺の実力に信憑性を持たせていた。

結果、俺は今までとそれほど変わらない暮らしを続けられている。

ヒュドラ戦の傷も完全に癒えた。

昨日からは森の巡回も再開している。

とはいっても、まだヒュドラの影響が残っていた。

あれが森の奥地で大暴れしたことで、魔物の数が減ったようだ。

いくつもの縄張り争いが空白地帯になったことで、外縁部まで魔物がやってくることが減った。

今日も、一体も魔物を倒すことなく巡回から帰ってくる。

「ただいまー」

扉を開けてリビングに入ると三人がくつろいでいた。

中に入ると彼女たちの視線が集まる。

「お帰りなさいフレッドくん。森の様子はどうだった？」

編み物をしていたシェイナさんが問いかけてくる。

彼女はヒュドラ戦で毒に侵され、穴の開いてしまった服を修繕してくれていた。

「今日も静かでしたよ。めぼしい魔物はいませんでしたし」

本当に森が別物に変ったかのようだ。

今の森にならば、村の子供が入っても安全そうなくらいに。

「まあ、そうでしょうね。あれだけの魔物が消えたんだもの、大きな影響があるはずだわ」

ソファーに座りながら剣を磨いていたオリガがつぶやく。

その向かい側に座ってお茶を飲んでいたリリーも頷いた。

「今日はひとりで森に行くと言って、心配だったんですよ！　でも、無事でよかったです」

昨日は復帰して始めて森に行くということで、三人がいっしょについてきていた。

いつも入っている森なのに大げさだなと思ったけれど、それだけ心配してくれていたのは素直にありがたく思う。

「元々大きな怪我をしていた訳じゃないからね。毒も抜けきったし、動きに支障はなかったよ」

俺がそう言うと彼女たちも納得したようにうなずく。

「それより、皆に聞いてほしいことがあるんだ」

「何かしら？」

「少し真剣な話だよ」

森で見回りをしながら、俺はこれからのことを考えた。

その結果出た答えを話そうと思う。

俺が少し真剣になったことを三人も感じ取ってくれたみたいだ。

それぞれソファーに腰掛ける。

俺は三人の対面に腰を下ろした。

「実は、森で将来ついて考えていたんだ」

そう切り出して、俺は自分の考えを伝えていく。

あの狂乱の魔物はとんでもなく強い魔物だった。

もし俺ひとりだったら、絶対に勝てなかっただろう。

命を賭して戦っても足止めがせいぜいだ。アレとの戦いを経験して俺の頭に浮かんだのは、俺ひとりではこのまま森の番人を続けていけないということ。

それも、ただ人数を増やせばいいというものではない。

この森の魔物に対抗できる腕を持つ魔法使いが必要だ。

今の俺がそれを頼める相手は、目の前の三人しかいなかった。

「……だから、お願いがある。皆にはここに残って、俺といっしょにいてほしいんだ」

今まで俺のほうから彼女たちへ、こういうふうに求めることはなかった。

けれど、思い切ってお願いする。

するとオリガたちは全員驚いた表情を浮かべて顔を見合わせた。

「……ビックリしたわ」

「ええ、フレッドくんのほうからこんなことを言われるなんて、思っていなかったわぁ」

「フレッドさん！　本当ですか？　冗談じゃないですよね!?」

リリーの問いかけにうなずく。

「ああ。今までさんざんリリーたちからアプローチされていたのに、今更俺からお願いするのは恥ずかしいんだけど……」

まだ彼女たちの内、誰を伴侶にするのか、そう言ったことは決められていない。

なのに、こんなお願いをするのは都合が良すぎるだろう。

でも、森の番人として仕事を続けていくためには恥を忍んで頼むしかない。

「どうかお願いします」

そう言って頭を下げる。

「フレッド、頭を上げなさい」

オリガに言われて頭を上げる。

こんな姿を見せられて、彼女たちは俺に失望しているんじゃないかと思った。

けれど、顔を上げて視界に入ってきた皆の表情は笑顔だった。

「ふん、決めるのが遅いのよ！　最初からそう言っておけば良かったのに」

「フレッドくんがそう言ってくれるなら、私はずっとここにいてもいいわねぇ」

「わたしはフレッドさんのおかげで、一人前の魔法使いになれました。そのお礼がしたいですっ！」

その言葉に俺は、一気に心の中が温かくなっていくのを感じた。

みんながここまで俺のことを慕ってくれているとは思わなかったから。

「本当にいいんだね？」

「ええ、もちろんよ。後々誰を奥さんにするかは、決めてもらわないといけないけれど……」

確かにそうだ。

王国では王様を除いて、夫と妻ひとりずつでしか結婚できない。

その王様だって正妻は決めているし。

俺は、それを選ぶ猶予を貰ったと思うことにした。

幸い狂乱の魔物のことも片付いたから、ゆっくり考える時間がある。

「……あら？」

そのとき、シェイナさんが何かに気づいた。ソファーから立ちあがると窓際へ向かう。

「どうかしたんですか？」

「ギルドのほうから使い魔が送られてきたみたいなの」

そう行って窓を開けると、外から一羽の鳩が入ってきた。

一見すると伝書鳩に見えるけれど、魔法的な強化が行われた使い魔だ。

これによって魔法使いは素早く的確に情報伝達をすることが出来るらしい。

シェイナさんは使い魔の足に括り付けてある手紙を取る。

そして、こちらに戻ってくると開いて読み始めた。

すると、最後まで読み進めた辺りで彼女の表情が少し変わった。

何か重大なことが書かれていたのかもしれない。

「どんなことが書いてあるんですか？」

リリーが問いかける。

彼女もシェイナさんの表情の変化が気になったようだ。

当のシェイナさんは手紙を最後まで読み終えて閉じる。

「魔女ギルドのギルド長からの手紙だったわ」

「えっ、ギルド長がわざわざですか？」

「そのくらい今回のことを重く見ているみたいねぇ。二重の意味で」

シェイナさんの視線が俺に向けられる。

「むっ……やっぱり男の魔法使いだからですか」

「ええ、王国の上層部と合同の会議を開いて、随分紛糾したみたい」

「国の上層部まで……」

その言葉に、今まで黙っていたオリガが少しだけ苦い表情になる。

以前聞いた内容だと、最悪は男の魔法使いを作り出すために、飼い殺しにされてしまう。

心配する俺たちをよそに、シェイナさんは笑みを浮かべた。

「大丈夫よ、あなたたちの思っているようなことにはならないわ」

「えっ……？」

「ふふっ、これを見てちょうだい」

そう言うと彼女は、俺たちに見えるように手紙を裏返す。

三人でシェイナさんのところへ集まって手紙を覗き込んだ。

「なになに……って、これはっ!?」

ここまで比較的冷静だったオリガが驚きで声を上げた。

その隣ではリリーが顔を赤くして、手で口元を押さえている。

俺自身も手紙の内容に釘付けだった。

手紙にはいろいろと難しい会議の内容が書いてあったけれど、俺にとって重要なのは最後の部分だけ。そこを、確認する意味も込めて声に出して読む。

「……諸々の事情を鑑みて、魔法使いフレッドには法律に縛られない数の妻を娶ることを許可するものとする」

つまり、今まで悩んでいた問題が一気に吹っ飛んでしまった。

どう反応していいか分からず、その場で立ち尽くしてしまう。

そんな中、真っ先に声をかけてきたのはシェイナさんだった。

先に手紙を読んでいたから、正気を取り戻すのも早かったんだろう。

「ねえフレッドくん。これならもう、悩む必要はないんじゃないかしら？」

彼女は手紙を机に置くと、俺の肩に手を置く。

そして、顔を近づけると楽しそうな笑みを浮かべて囁いた。

「これから、私たち三人ともあなたのお嫁さんよ」

「ッ！」

もう選ばなくていいというのは、そういうことだ。

分かってはいても、実際に相手から言われるとその言葉の破壊力は大きい。

「俺が三人を……シェイナさんに、オリガに、リリーも……？」

名前を呼ばれたことで残りのふたりもハッとして正気に戻ったようだ。

ただ、彼女たちは俺と同じようにどう反応して良いか分からないらしい。

いきなり言われたから無理もないだろう。

そんなふたりをよそに、シェイナさんはどんどんアタックしてくる。

「ほら、ボーっと立ち尽くしていないで！　お許しも出たことだし、早速行きましょうか」

「行きましょうって……どこにですか？」

「そんなの決まっているじゃない、寝室よ」

「い、いきなりですか!?　うわっ、シェイナさんっ！」

彼女は俺の肩を掴んでグイグイ押してくる。

そして、そのままリビングから連れ出されてしまった。

「ちょ、ちょっと！　待ちなさいふたりとも！」

「あぁっ！　置いていかないでくださいよぉ！」

シェイナさんの突然の行動に反応が遅れていたふたりも追いかけてくる。

俺とシェイナさんが寝室に入ったところで、後から来たふたりも追いついた。

「シェイナッ！」

「シェイナさんっ！」

名前を呼ぶふたりに対して、彼女は笑って答える。

「ふたりとも遅いわよぉ、こういうときは早い者勝ちだもの！」

シェイナさんはそのまま俺を抱き寄せるとキスしてきた。

「んぐっ!?」

「ちゅっ、はむ……ちゅぅぅっ！」

突然のキスに目を丸くしてしまう。

けれど、シェイナさんは関係ないとばかりに舌を入れてきた。

「んむ、ぐっ……シェイナさんっ！」

「じゅるっ、れる……はいはい、分かったわ」

少し強めに名前を呼ぶと、残念そうな表情をしながら解放してくれる。

「ごめんなさいね、気がはやってしまって……」

「いえ、いいんです。元はといえば俺が優柔不断だったのがいけないんですから」

そう言いつつオリガたちのほうを見る。

目の前で俺とシェイナさんのディープキスを見えつけられたからか、両方とも少し顔が赤くなっていた。彼女たちもセックスするのには慣れてきているはずだけれど、シラフの状態でこういうものを見せつけられると、さすがに恥ずかしいらしい。

その羞恥心を振り切って、オリガが近づいてくる。

「シェイナ、独り占めは許さないわよっ！」

「分かったわリーダー。でも、順番を融通してくれるくらいはいいでしょう？」

「まあ、それくらいなら……リリーはどう？」

オリガが振り返って問いかける。

「ひぇっ!?　わ、わたしですか？　わたしも順番くらいなら……」

彼女は突然声をかけられて少し驚いた様子を見せつつも、しっかりとうなずいた。

どうやらふたりとも順番に関しては譲っても、俺とセックスするつもりはあるらしい。

「シェイナさんは分かるけど、ふたりまでそんなに積極的なんだ」

「だって、もう仲間に遠慮する必要はないんでしょう？　それに……がっつくのは恥ずかしいじゃない」

「確かにオリガらしいね」

納得して頷くと、リリーも控えめに口を開く。

「わたしも、誰かひとりだけ選ばれるんじゃなくて良かったと安心してしまいました」

そこまで言って、彼女は俺の目を見る。

「それで……もし良ければ、ふたりのおこぼれでももらえれば嬉しいなぁって……」

「リリーは相変わらず自己評価が低いんだね、もう立派に魔力も使いこなしてるのに」

「でも、フレッドさんの前だと、そうなってしまうんです……」

それは、俺のことを異性として意識してくれているからだろうか。

だとしたら嬉しいと思う。

「そんなこと言わず、みんなで仲良くしよう。リリーもこっちにおいで」

「は、はいっ！」

彼女は嬉しそうな笑みを浮かべて近寄ってくる。

それに続いてオリガも。

「そこまで言うなら、全員満足させてみなさいよ？」

「あはは……お手柔らかに頼むよ」

「あたしの採点は厳しいわよ。……んっ」

その場でオリガにキスされてしまう。

けれど、もうだいたい言うべきことは言ったので、後はどうなるか予想していた。

彼女の腰に手を回しつつ、こっちからも唇を押しつける。

「あむ……ちゅっ、オリガ……」

「んっ、はぁっ……ちゅむっ！」

互いに積極的に唇を押しつけ合った。

相手と繋がり始めたことを感じて体が熱くなってくる。

寝室内の雰囲気も、だんだん淫靡なものに変っていった。

止め時が分からず、このままずっとキスしていそうになってしまう。

「いつまでもしていないで、ベッドへ行きましょう？」

そんなとき、横からシェイナさんが手を出してくれた。

今度はさっきのように強引なものではなく、オリガもいっしょにベッドへ誘導される。

そして、彼女は俺から手を離すとオリガとリリーの手を握ってベッドへ上がった。

「これからは、三人いっしょに可愛がってね？」

「ええ、全力を尽くしますよ」

それから、彼女たちは俺の目の前で服を脱ぎ始めた。

一枚一枚丁寧に、俺に見せつけるように。美しくもいやらしい肢体が露になっていくにつれ、自分の下半身へ血が集まっていくのを感じた。

そして、ついに一糸まとわぬ姿になった三人。

巨乳爆乳が並んで連峰になっているのは、かなり見ごたえがあって、それだけで興奮してしまう。

さっき話していたとおり、最初にするシェイナさんが真ん中のようだ。

そして、そのシェイナさんは何やら左右のふたりに耳打ちする。

彼女たちはそれを聞いて少し顔を赤くしながらも頷いた。

何をするんだろうと思っていると、三人が動く。

なんと、その場で体を回転させて四つん這いになった。

「これはっ……！」

さっきまで顔が見えていたのに、今は三つのお尻が並んでいた。

そして、彼女たちは俺のほうへ振り返る。

「フレッドくん、遠慮しなくていいから思いっきり種付けしてっ！」

「うっ、はずかしぃ……あんまりジロジロ見てないで、早くきて！」

「い、一生懸命頑張りますから、可愛がってくださいっ！」

それぞれからの誘惑に、湧き出てきた唾をゴクッと飲み込む。

そして、彼女たちの望み通り動き始めた。

「まずはシェイナさんでしたよね。もう濡れてるじゃないですか」

案の定というか、彼女の秘部は待ちきれないとばかりに濡れていた。

秘部から愛液が溢れて、足を伝ってシーツまで垂れている。

「だって、早くフレッドくんが欲しかったの……」

「待たせてごめんなさい。すぐ満たしてあげますよ」

三人の姿を見て、俺のものはすでに滾っていた。

下着ごとズボンを脱ぐと、肉棒を手に持って秘部へ押しつける。

「ひゃうっ!?　あぁっ、熱いよぉ！」

触れた瞬間彼女が驚いたような悲鳴を上げた。

けど悲鳴は一瞬だけで、すぐ気持ちよさそうな甘い声になる。

「本当、シェイナさんはエッチですね。最高ですよっ！」

俺は両手で彼女の腰を掴む。

「来てっ、フレッドくん！　中にぃっ！」

「行くよシェイナさん！」

声をかけると同時に腰を前に突き出した。濡れ切った膣内へ肉棒が挿入されていく。

「ひいぃぃいぃいいぃっ!!」

同時にシェイナさんの口から甲高い嬌声が上がった。

「くっ、中がっ……！」

グチュグチュといやらしい音を立てながら肉棒を挿入していく。

膣内はヒクヒクと動いて絡みついてきた。

その気持ちよさは、今までに感じたことがないほどだ。

「凄い絡みついてくるっ！　なんてエロいんだっ！」

遠慮なく精液を搾り取ろうとしてくる。これからオリガやリリーともセックスするのに、仲間に遠慮する気持ちはないみたいだ。

「まるで淫魔みたいですよ、シェイナさんっ！」

「ひゃっ、あああぁぁっ！　許してっ、体が抑えられないのぉっ！」

俺がそう言うと、彼女は喘ぎながら謝ってくる。

どうやら興奮しすぎて体が制御できないらしい。

「じゃあ、しっかり言うことを聞かせてあげないといけませんね」

俺は快楽をなんとか抑え込むと、思い切りピストンし始め、蕩けた膣内をかき乱していった。

勝手に搾り取ろうとしたおしおきだ。遠慮はしない。

思い切り腰を打ちつけ、膣奥まで犯していく。

「ひぃぃぃぃぃ！　あぁっ、だめっ！　体が溶けちゃううううぅぅっ！」

甲高い嬌声が寝室に響く。

両隣でそれを聞いていたオリガとリリーは、シェイナさんの乱れ具合に視線を奪われているようだ。

「シェイナ、こんなに乱れて……」

「あぁ、わたしたちもこんなふうになっちゃうんですか……？」

オリガは、普段見ない仲間の姿に驚いているようだ。

一方のリリーは、少し不安げな視線を俺に向けてくる。

「大丈夫、望まない限り酷いことはしないよ」

「そ、そうですか……」

俺は安心している彼女のお尻に手を置き、ゆっくりと撫でた。

「あぅ……」

「でも、興奮して夢中になっちゃったら、どうなるか分からないかな」

「ううっ……わ、わたし……フレッドさんに夢中になってほしいですっ」

「そうか、リリーは本当に可愛いな」

ちょうどシェイナさんの膣内が完全にほぐれ切って、ドロドロになったところだった。

俺は肉棒を引き抜くと、それをリリーのお尻に押し当てる。

「んっ、あっ！　熱くてヌルヌルです……」

「リリーとエッチしたいんだ、いいかな？」

その問いかけに、彼女は静かに頷いた。俺もそのまま無言で腰を前に押し出す。

「つぐぅぅぅぅぅっ！」

ズルッと肉棒が滑り、一気にリリーの膣奥まで潜り込んだ。

彼女の体が大きく震え、口からはうめくような声が漏れる。

けれど、突然の挿入にも関わらず膣内はピクピクッと締めつけてきていた。

「はひっ、くぅぅっ！　中に、奥までぇ……ひゃあああっ！」

行き止まりまで挿入したところで、俺はさらに腰を動かす。

シェイナさんよりは控えめに、それでも十分なストロークでリリーを犯していった。

「はぁっ！　はぁっ！　ひうっ、ひいぃぃぃっ！　お腹の中、ひっくり返っちゃいますっ！」

ズンズンと中を突く度に、可愛らしい嬌声が上がった。

その声を聴いていると、俺の中の欲望が煮えたぎっていく。

乱暴にしないように注意しつつも、この溜まったものをリリーの中でぶちまけたくなってきた。

「はぁ、はぁっ……リリーッ！」

「フレッド、さんっ……ひあぅっ！　や、あんっ！」

性感帯を刺激したのか、彼女の腰が跳ねるように震えた。

その動きがまたエロくて我慢できなくなってくる。そんなとき、左のほうから声がかけられた。

「……フレッド、いつまでやってるの？」

「オリガ」

ハッとなってそちらを向くと、オリガが熱い視線を向けてきていた。

「あたしだって、我慢できないんだからっ！」

間近で仲間たちが犯されるのを見せられ、嬌声を聞かされ、体が反応してしまっているらしい。

普段は白い肌が興奮で色づき、呼吸も若干荒くなっている。

「ああ……もちろんオリガだって気持ちよくしてあげるよ」

彼女のほうへ移ると、両手でお尻を鷲掴みにする。

「きゃっ！　な、なにしてるのっ！」

「オリガのお尻は綺麗だね」

普通の魔法使いと違って剣も使うからか、全体的に引き締まっていて揉み応えがある。

両手でグニッとお尻の谷間を開くと、その奥にはトロトロになった秘部があった。

「まだ一回も触れてないのに、すごい」

「ッ……ジロジロ見ないで」

顔を赤くして視線をそらすオリガ。さすがにじっと見られるのは恥ずかしいみたいだ。

可愛らしい顔をもっと見ていたいけれど、俺も体を抑えきれなくなっている。

ふたり分の愛液で濡れた肉棒を持ち上げると、そのままオリガの中へ挿入していった。

「あうっ！　はあああぁっ！」

甘い刺激にこれまで溜め込んでいたものを吐き出すように息を吐くオリガ。同時にゾクゾクと背筋を震わせて快感を享受しているようだ。俺が腰を動かすと、さらに強まった刺激に表情が蕩ける。

「すごいっ、今まででいちばん気持ち良いわっ！」

「俺も気持ちいいよ！　もう腰が止まらないっ！」

思い切り腰を打ちつけ、パンパンと体のぶつかる乾いた音が室内に響く。

オリガはもちろんシェイナさんやリリーの興奮した呼吸も聞こえてきて、頭の中がのぼせてしまいそうだった。そのままピストンを続けていくと、オリガから悲鳴が聞こえてくる。

「あぅぅっ！　だめっ、もうあたしイっちゃうっ！」

「いちばん最後まで我慢してたからかな、敏感になってるみたいだからねっ！」

彼女がもう限界なのは膣内の様子からも分かる。

全体が不規則にビクビクと震えて、いつイってしまっても不思議じゃない。

けれど、オリガは最後に残った理性で俺に声をかけてきた。

「さ、最後はいっしょに……みんなで……っ！」

「……あぁ、分かったよ！」

俺は彼女を絶頂させないよう慎重に肉棒を引き抜くと、真ん中のシェイナさんに挿入しなおす。

最初に挿入したのがここなら、中出しする順番でもここが先じゃないといけないしね。

「さあ、もう止められないぞ！」

興奮のままに声を上げながら腰を動かす。

それに加えて、両手を使ってオリガとリリーも愛撫していった。

ぐちゅぐちゅ
ぢゅぷぷ♥
ぢゅぱ♥
ハッ♥

俺の使えるものすべてを使って三人を犯していく。

甘くてとろけるような嬌声、体同士が交わる卑猥な水音……。

互いに限界まで快感を与え合っていった。

「んぐぅっ！　はひっ、はぁぁっ！　わたしっ、ダメぇっ！　おかしくなってイっちゃうのぉっ！」

「ひうっ、ああっ、んくぅぅ！　こっ、こんなのもう無理よっ！　だめっ、だめえぇぇぇっ!!」

「イクッ、もうイっちゃいますっ！　我慢できませんっ！　はひぃっ、ああぁぁあぁぁあぁあっ！」

激しいセックスの果てに三人とも限界を迎える。

同じように俺も限界で、今にも欲望は破裂しそうになっていた。

「はひっ、あうっ！　はぁ、はぁっ、フレッドくんもいっしょに来てぇっ！」

「ああ、イクよっ！」

シェイナさんに誘われるまま、彼女たちといっしょに欲望の塊を吐き出す。

熱い子種汁がほとばしって、膣内を真っ白に染め上げた。

「「「イックウウゥゥウゥゥウウゥゥゥッッ！！！」」」

「ぐぅぅっ……！」

互いの快感が混じり合い、自分の形が分からなくなるほど蕩けていく。

その夜、俺たちは完全に体力が尽きるまで延々と交わり続けるのだった。

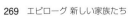

エピローグ　新しい家族たち

オリガたちがこの辺境にやってきてから、もう半年が経っている。

あのとき俺たちは見事に狂乱の魔物を倒した代わりに、男の魔法使いという存在がバレてしまったのだ。

けれど、なにか生活が変わったかというとそんなことはなかった。

毎日みんなでいっしょに食事をして、森を巡回して、魔法の特訓や研究をして……。

狂乱の魔物の存在を見つける前とそう変わらない。

大きな変化といえば、近くの村にギルドの職員と国の役人が駐在することになったことだ。

主な名目は辺境部の調査だけど、本当の目的は違うと全員分かっていた。

実質的に俺の監視役だろう。

希少な男の魔法使いが、万が一にも他国へ行ってしまわないようにしているんだ。

この家には一週間に一回程度やってきて、何か変わったことがないか聞いてくる。

どちらも人当たりのいい人だったのは幸いだった。

おかげで、友好的に接することが出来ている。

やはりヒュドラの狂乱の魔物を自力で退治したことで実力が認められ、向こうには本当に、無理やり干渉する気がなくなったのかもしれない。

だとしたらあの戦いも、より意味のあるものになったと思う。

俺は基本的に、午前中森へ見回りに出かけて、午後は女の子たちと過ごす日々を送っていた。

今日は小屋でオリガといっしょに魔法の研究中だ。

以前は戦闘用の魔法ばかり研究していたけれど、今はそれ以外の魔法も改良や開発を行っている。

「フレッド、こっちの魔法陣はどう？」

「ああ、それなら、より効率化できるかも」

オリガと顔を突き合わせながら作業を進める。

しっかりとした学校で勉強した知識を持っている彼女はとても頼りになる。

向こうも辺境で独自に開発されれは魔法に興味があるようで、お互い様だ。

そのまま夕方まで作業していると、家のほうからシェイナさんの声が聞こえる。

どうやらご飯の準備ができたらしい。

オリガといっしょにダイニングまで向かい、そこで四人で食事をとる。

昼食はバラバラのことが多いけれど、朝食と夕食は出来るだけみんなで食べるのが日常だ。

食事中も和気あいあいと、今日あったことなどの話をする。

けれど、食事と片付けが終わると少しだけ雰囲気が変わった。

今日の夜どうするかを決めるからだ。

元々彼女たちに子作りする気があったので、ほぼ毎日のようにしている。

「昨日はオリガとリリーがしてたわよねぇ。じゃあ、今夜は私がひとりでお邪魔しちゃおうかしら」

「あっ、ズルいです！　シェイナさん、そう言って前も独り占めしたじゃないですかっ！」

「そうね。シェイナの気持ちも分かるけど、独り占めは良くないわ」

ちなみに、この話に俺は割って入れない。

シェイナさんはもちろんオリガも自己主張が強いし、最近ではリリーも……。

この三人の意見を上手く纏められる自信はなかった。

そして、数分もすると意見がまとまったようだ。

「それで、今夜はどうするのかな？」

俺が問いかけると、代表としてオリガが前に出てくる。

一応魔女ギルドのほうに籍は残っているようだけれど、普通の仕事は受けず実質的に引退している彼女たち。

それでも、一応オリガがリーダーという意識は変わっていないらしい。

「なかなかみんな譲らなかったから、今夜は三人いっしょにどう？」

「これは少し大変になりそうだなぁ……もちろん歓迎だよ」

普段はひとりか、多くてもふたりだ。

でも、彼女たちにしてほしいと言われれば断りたくない。

それに、いっしょにセックスするのはすごくいい気分になる。

それから俺は三人に囲まれて寝室へ向かうのだった。

部屋の中に入ると、すぐに左右からオリガとシェイナさんに抱きつかれてしまう。

オリガが右側で、シェイナさんが反対の左だ。

やっぱりこのふたりは行動が早い。

「ほら、フレッド。まずはキスしなさいっ！」

「もちろん。こっちからお願いしようとしてたところだよ」

ふたりの腰を抱き寄せる。そして、オリガのほうから順番にキスしていった。

「あむ、ちゅっ……」

「フレッドくん、私も……んむぅっ！」

ついばむようにキスして、続けて舌を入れて絡め合う。

キスでだんだん興奮が高まっていく最中、リリーが正面に回ってきた。

ふたりに先を越されて少しだけ焦っている表情だ。

「あ、あのっ！　フレッドさん、わたしも……」

彼女のその顔を見てオリガとシェイナさんが少し体を退かす。空いた場所にリリーが入ってきた。

「リリー、目を瞑って」

「はい……あっ！　んぅっ……」

目を瞑った彼女に優しくキスをする。

向こうも一生懸命に唇を押しつけてきて、まるで親鳥に餌を与えられるひな鳥のようだ。

とても愛らしいと思っていると、下半身に甘い刺激が与えられた。

「……ふたりとも」

見れば、オリガとシェイナさんが手を伸ばして股間に触れている。

「フレッドはそのままリリーとキスしていていいわよ」

「ここは私たちで元気にしてあげるわ」

その言葉通り、彼女たちは協力して愛撫を始めた。

手早くズボンを脱がすと直に肉棒へ触れる。

細い指で竿に絡みつき、さらに玉袋まで優しくマッサージしてきた。

「くっ……！」

リリーとキスしている間に、どんどん興奮が高められてしまう。

俺のものはすでに限界まで硬くなっていた。

「はぁ、はぁっ……フレッドさんっ……ちゅむっ！」

一方のリリーはそれに気づいていないようだ。

俺とのキスに夢中になっている。

そしてキスだけでもう興奮しているのか、息も荒くなってきていた。

「リリー、すごくエロくなってるよ」

「エッチなところ、あんまり見られると恥ずかしいです……」

そう言いつつも彼女はキスを止めようとしない。

それどころか正面から体を押しつけようとしてくる。

「わたし、もっとフレッドさんと……あ、あれっ？」

ただ、そこでいつの間にかオリガとシェイナさんが手を出していたことに気づいたようだ。

下を向いて、勃起した肉棒を見ると顔を赤くする。

「もう、こんなにっ!?」

「あらあら、そんなに驚いちゃって。可愛いわね」

シェイナさんがクスクスと笑いながら、リリーの頭を撫でる。

その一方、オリガは俺の耳元に顔を近づけてきた。

「ねえ知ってる？　リリー、今日危ない日みたいよ」

「なっ……」

想像していなかった言葉に思わず声が出てしまう。

そして、驚いた俺の顔を見たオリガは面白そうに笑っていた。

「全員あなたの赤ちゃん孕もうとしてるのに、今更これくらいで驚くの？」

「そうは言っても……」

説明しようとしたけれど、その前にリリーが俺の手を握ってきた。

まっすぐに俺を見つめてくる。

「フレッドさん。最初は、わたしにさせてもらっていいですか？」

オリガとシェイナさんのほうに視線を動かすと、彼女たちも頷いていた。

「分かったよ」

「ありがとうございますっ！　じゃあ、ベッドに……」

言われるままベッドへ横になる。

どうやらリリーのほうが上になるらしい。

その前に、俺の左右にオリガとシェイナさんが服を脱いで添い寝するように横になった。

「もしかして、ふたりもいっしょに？」

「だって、見ているだけじゃつまらないもの。男なんだからこれくらいの甲斐性は見せなさいっ」

「それに、両手に花でハーレム気分じゃない。こんなの王様しかできないのよぉ？」

ふたりは俺に話しかけながら、ズボンを下着ごと完全に脱がしてしまう。

さらに、遠慮なく体を押しつけてきた。

柔らかな胸が押しつけられて歪み、その感触でさらに体が熱くなってしまう。

そして、いよいよリリーが俺に跨ってきた。ふたりと同じように一糸まとわぬ姿だ。

「わたし、もうっ……」

興奮で顔を赤らめ、息を荒くしながら腰を股間に押しつけてくる。

「くっ……」

もう股間は露出されているから、直に体同士が触れ合った。

押しつけられている秘部から愛液が溢れているのが分かる。

「あぁ、はぁっ……気持ちよくて、腰が動いちゃいますっ！」

腰を押しつけたまま、ゆっくり前後に動かすリリー。

あふれ出た愛液が潤滑剤代わりになってヌルヌルと滑る。

その刺激は、さっきまでオリガとシェイナさんにされていた愛撫より強かった。

快感で肉棒がビクビクと震えると、それを感じ取ったリリーの肩も震えた。

「あぅ！　はぁ、んっ……フレッドさんも気持ちいいですか？　でも、わたしはまだ足りないんです……」

彼女は少し腰を浮かすと肉棒を手に取る。

そして、自分の秘部へ押し当てると腰を下ろしていった。

「あぁぁっ！　来ますっ、中にっ！　いっぱい……はあああぁぁっ！」

「うおっ……！」

肉棒が膣内へ滑り込み、そのまま奥まで挿入される。

彼女の中は完全に蕩け切っていて、入ってきた肉棒を全方位から包み込んできた。

「はぁっ！　はぁっ！　セックスッ……フレッドさんと赤ちゃん作りますっ！」

リリーは発情した表情をしながら腰を振り始めた。

それほど激しくはないけれど、しっかりしたストロークで動く。

「凄いわねリリー、こんなに出来るようになるなんて……素直に関心するわ」

そうつぶやいたのはオリガだった。

彼女はリリーから俺に視線を移すと、顔を近づけてくる。

「ほら、フレッドの相手はリリーだけじゃないでしょ？」

「そうだね。オリガたちもいっしょだ」

両手を動かして左右のふたりの腰に手を回す。

そして、そのまま股間に差し込み愛撫を始めた。

「ひゃうっ！　あっ、んんっ！」

「あんっ、こっちにまで……フレッドくんも凄くエッチになってるわよっ！」

喘ぎ声を上げるオリガと、それを横目にキスしてくるシェイナさん。

三人とのセックスは俺の興奮を瞬く間に高めていった。

そのまま5分か、10分か、天国のような時間が続いていく。

「あひっ、はうぅぅぅっ！　腰がっ、腰が止まらないですっ！」

リズムよく腰を振りながらも、余裕のない表情で嬌声を上げるリリー。

普段なら声をかけてあげるところだけれど、今はそれどころではなかった。

「あむっ、ちゅるるっ！　はぁ、はぁっ……どうしたの、舌が止まってるわよ？」

目の前にあるのは発情したオリガの顔だった。

リリーが腰を振り始めてからは、オリガとシェイナさんに交代でキスし続けて、唇がふやけてしまいそうになっている。

オリガは今でも遠慮なく厳しいことを言ってくるけれど、ベッドの上ではデレてくるからたまらない。

「ふふっ、どうかしらぁ？　オリガとたっぷりキスしながらリリーとの騎乗位セックス。このままたっぷり中出ししたら、次はわたしの番ね？」

大の男の手にも余るほど豊満な乳房を俺に揉ませながら、シェイナさんがささやいてくる。

甘い声は脳みそを蕩かすように気持ちよく、直接的な快感と合わさって何倍も気持ちよくなってしまった。

「うぐっ……だめだ、そんなにされたら……もうっ！」

腰の奥から、グツグツと欲望の塊が湧き上がってくる。

「ひゃっ！　中で、また大きくっ……きてっ！　そのまま出してくださいっ！　フレッドさんの赤ちゃん、孕ませてくださいっ！」

膣内で肉棒の変化を感じたのか、リリーが喘ぎながら求めてきた。

続けて、オリガとシェイナさんも。

「ううっ……あたしもイっちゃうんだから、フレッドもいっしょにイキなさいっ！」

「んぅっ、あぁぁあぁぁっ！　イクッ、イクッ！　フレッドくんっ！」

三人の温かさに包まれて、俺の興奮は限界まで高まる。

そして、そのまま欲望の高まりを解き放ち、手を動かす。

「あうっ!?　ひゃあぁあああぁぁぁっ!!」

肉棒から激しく射精して、それを受け止めたリリーが嬌声を上げた。

「なっ、中に熱いのがっ！　ドクドクきてますぅっ！　だめっ、イクッ！　イクゥッ！　ひゃううううぅぅうぅっ!!」

ぢゅぷ！♥
ぞく♥
ぞく♥
ぞく♥
ビクン♥
ぞく♥ ビクン♥
ぢゅぷ！♥
ちゅる♥
はぁ♥
ぢゅぷっ♥
ちゅぱ♥
はぁ♥

直後、彼女自身も激しく絶頂した。

その最中も膣内は肉棒をキュンキュンと締めつけながら精液を搾り取ってくる。

それと同時に、オリガとシェイナさんも俺の体に震えながらしがみついてきた。

「あああぁぁっ！　イクッ！　奥っ、ダメッ、イックウウゥゥウゥッ!!」

「私もっ、イっちゃうっ！　だめえええっ！　あひいいいぃぃぃぃぃぃっ!!」

全員の絶頂が重なり合い、身も心も蕩けたような気分になる。

リリーも自分の体を支えられないようで、俺のほうへ倒れ込んできた。

それを受け止めて体の上に寝かせつつ、生ぬるい余韻を楽しむ。

数分か十数分か、少しずつ正気が戻ってきたところでオリガに声をかけられた。

「……フレッド、聞いてる？」

「ああ、聞こえてるよ」

「あたしは、ここであなたと出会えたことを感謝してるわ」

「ははは、それは良かった。俺も嬉しいよ」

こうして彼女たちと出会うことがなければ狂乱の魔物を倒せなかったし、再び家族の温かさを感じることもなかっただろう。

だから、それを与えてくれたみんなに感謝している。

「でも、まだあたしは孕ませてもらってないわ。きちんと責任取りなさいよね！」

「うっ……お手柔らかに頼むよ」

俺がそう言うと、オリガは面白そうに微笑む。

これからもこの森で生きていくにあたって、もしかしたら狂乱の魔物より大変な問題が立ちふさがることがあるかもしれない。

けれど、彼女たちといっしょならそれも乗り越えられると確信していた。

俺はこの出会いを与えてくれた運命に感謝しながら、三人を抱きしめるのだった。

あとがき

皆さんごきげんよう、愛内なのです。

今回の作品は、辺境の森で暮らしている主人公の下に、ヒロインたちがやってきてイチャイチャするお話です。

タイトルに男魔法使いとありますが、この世界では魔法使いには女性しかなれないという常識があります。主人公は、そんな常識の外の存在ということになりますね。

ですが、本人はずっと辺境で暮らしていたので、そのことを知りません。

隠者が都会に出てきてその力に驚かれるというお話はありますが、今回はヒロインたちとのイチャイチャ重視ということで、女の子たちのほうから訪ねてもらうことになりました。

主人公が貴重な男魔法使いだということで、ヒロインたちは彼の子種を得ようとします。女の子のほうからエッチを求める展開はいいですよね。

他にも困難が立ちふさがったりする中、主人公がどうやってヒロインたちとの絆を深めていくのか……などもお楽しみいただければと。


もちろん、ヒロインとのイチャラブなシーンもたっぷりご用意していますよ！

オリガはパーティーのリーダーで、優秀な魔法使いです。少しプライドの高いところがありますが、仲間思いです。

二人目は最年長のシェイナ。のんびりしているように見えますが、意外と打算的なところがあって、最も積極的に主人公の子種を狙ってきます。

三人目は新人魔法使いのリリー。三人の中では最年少ですが、スタイルではオリガやシェイナにも負けていません。

それぞれのヒロインたちとはもちろん、ハーレムシーンもあるのでぜひご期待ください！


では、そろそろ謝辞に移らせていただきます。

担当編集様。毎回のことながら、いろいろなことでお世話になっています。ありがとうございます。イラストレーターの「あきのそら」様。三人のヒロインをそれぞれ、個性に合ったセクシーなデザインにしてくださって、ありがとうございます！　表紙や挿絵のほうも、とても綺麗でエッチなものばかりになっていて、すごく感動しました！

また機会がありましたら、よろしくお願いいたします。

そして最後に読者の皆様。こうして執筆をつづけられているのも皆様の応援の賜物です。

これからも頑張りますので、次回作を楽しみにしていただけると嬉しいです。

それでは、バイバイ！

二〇二〇年三月　愛内なの

KiNG novels

キングノベルス
辺境《へんきょう》で俺《おれ》だけが男《おとこ》魔《ま》法《ほう》使《つか》いやってます！
～え？ 魔法使《まほうつか》いって女《おんな》の子《こ》しかなれないの？～

2020年 4月 24日　初版第1刷 発行

■著　　者　　愛内なの
■イラスト　　あきのそら

発行人：久保田裕
発行元：株式会社パラダイム
〒166-0004
東京都杉並区阿佐谷南1-36-4
三幸ビル4A
TEL 03-5306-6921
印刷所：中央精版印刷株式会社

KN077

元最強勇者は最弱と勘違いされ、溺甘ヒモ生活が始まりました
彼女たちのためなら
どんなエロスも与えよう
愛内なの
Nano Aiuchi
illust: 或真じき
僕だって、ちゃんと、デキるさ! お姉ちゃん!
KiNG novels
勇者ヴィンターは魔王討伐の任を終え、王都への帰還を目指していた。しかしその道のりで、元勇者としてのこれからに悩んでいた彼は、女剣士プリマベラから家族にならないかと誘われる。その日から、三人の姉に甘やかされるだけの、幸福で充実した第二の人生が始まって!?

低レベルすぎて追放されたけど
最強スキル発動で無双ハーレム!
KiNG novels
主従逆転の最強パーティー!
能力強化で、俺だけ楽しんでます♥
愛内なの
Nano Aiuchi
Illust:あきのそら
なんとか学園を卒業し、魔法使いとなったジョシュアは、伯爵家の令嬢ウェンディのダンジョン攻略に同行するも、途中で見捨てられてしまう。しかし、美女との行為で能力アップするスキルに目覚め、下剋上と迷宮攻略を決意した！

幸運男と寂しい女神？
縁を結べば、美女と
いっぱい繋がれます♥
KiNG novels
幸運パワーでハーレム作りつつ
異世界ライフを送ります
転生したけど
女神の加護を受け過ぎて
「運：9999」
になりました。
愛内なの
Nano Aiuchi
illust: ifo
勇者でもなんでもないが、女神の力を受け取ったことで最高の幸運力を手にした修一。凶暴な魔獣も、凶悪な刺客たちも、偶然巻き起こる不測の事態には為す術なし！ほんわか女神セレスと頼れる剣士リエーラ、お嬢様カリンに囲まれて、幸運パワーで犯罪組織に立ち向かう⁉